U0961451

只属于你我的山海经

ZHI SHUYU NI WO DE SHANHAIJING

MA PAN
马 叛
著

百花洲文艺出版社
BAIHUAZHOU LITERATURE AND ART PRESS

图书在版编目（CIP）数据

只属于你我的山海经 / 马叛著. — 南昌 : 百花洲文艺出版社, 2017.11

ISBN 978-7-5500-2490-8

Ⅰ. ①只… Ⅱ. ①马… Ⅲ. ①散文集 – 中国 – 当代 Ⅳ. ①I267

中国版本图书馆CIP数据核字（2017）第260801号

出 版 者 百花洲文艺出版社
社　　址 江西省南昌市红谷滩区世贸路898号博能中心一期A座20楼　邮编：330038
电　　话 0791–86895108（发行热线）　0791–86894790（编辑热线）
网　　址 http://www.bhzwy.com
E–mail bhzwy0791@163.com

书　　名 只属于你我的山海经
作　　者 马　叛
出 版 人 姚雪雪
出 品 人 柯久明　吴　铭
特约监制 郑心心
责任编辑 杨　旭
特约策划 郑心心
特约编辑 白亚洁
封面设计 辰星书装
经　　销 全国新华书店
印　　刷 北京启航东方印刷有限公司
开　　本 880mm × 1230mm　1/32
印　　张 8
字　　数 80千字
版　　次 2017年11月第1版
印　　次 2017年11月第1次印刷
书　　号 ISBN 978-7-5500-2490-8
定　　价 45.00元

赣版权登字：05–2017–438

又东四百里曰亶爰之山。多水，无草木，不可以上。有兽焉，其状如狸而有髦，其名曰类，自为牝牡，食者不妒。

——《山海经》

古人云，名利食色，性也。每个人的追求不同，谁也不能说自己比对方高贵。

只是求财者，最后一贫如洗甚至沦为乞丐；求名者，最后臭名昭著人尽可夫；求色者，惨死牡丹花下。

唯独好吃者，尝遍天下美食，过完了幸福的一生。

目录 CONTENTS

ZHI SHUYU NI WO
DE SHANHAIJING

楔子<<<

有的女生爱化妆，整天把“我不是真的快乐，我的隔离霜、防晒霜、粉底液、遮瑕膏、腮红、睫毛膏、眼影、眼线、定妆粉是我穿的保护色”挂在嘴边。

有的女生爱名牌包包衣服手表和钻戒香水，什么阿玛尼、爱马仕、圣罗兰、路易威登、古驰、卡地亚、蒂芙尼、迪奥、巴宝莉，所有的钱，都败在了这上面。

还有一些女生爱旅行，动不动就徒步穿越雅鲁藏布江大峡谷，或者搭车去西藏。有钱点的则是到处飞，今天在北极的冰川上看熊，明天就在朋友圈发跟企鹅的合照了。一天到晚不是在海边晒太阳，就是在原始森林里思考人生。有钱到极致的，还喜欢考个潜水证，彻底远离人群，和鱼虾海龟待在一起，美其名曰做一颗安静的海藻。

这些人不花我的钱，不吃我家大米，所以我能够理解她们。其实我觉得吧，是个人，不管男女，都缺乏安全感。可能这些千奇百怪的爱好，都是女生安全感的来源。用无数化妆品、无数名牌把自己武装起来，这样才可以应对这个复杂的世界。如果还是应对不了，就逃避到没有人的地方，和大自然融为一体，暂时地摆脱掉俗世的烦恼。

反正人活一生，短短数十年，总要有些爱好，有些追求。如果什么都不热爱，反倒容易无趣。明朝的时候不是有个人说过一句名言嘛——人无癖不可与交，以其无深情也；人无疵不可与交，以其无真气也。

我的女朋友顾湘，作为一个妙龄美少女，心情好的时候也爱化妆，不过频率很低，基本上和每个月一次的大姨妈持平。心情不好的时候也买名牌，这个频率更低，差不多和四季变化一样，一年就那几次。当然主要是经济条件限制，如果天天买，以我俩的经济收入，早就坐地吃土了。

至于旅行，她基本上是没兴趣的，不过是在自己待腻的地方转移到别人待腻的地方，或者别的动物待腻的地方而已。

她唯一不管刮风下雨、兴奋失落都要坚持的事情，只有一件，那就是吃。用她的话说就是，天下人皆可负，唯口舌肠胃不可辜负。她一出生好像就被装上了感应美食的雷达，隔着五六条街的烧烤摊、甜品店、大排档都能被她闻着味找到。

每次我们因为什么吵架了，她甩门而去，我总能在附近的饭店找到她。就算我不去找她，吃饱喝足之后，她也总能带着一身的火锅味回来，还总是不忘给我打包。

和她在一起后，我胖了二十多斤，二十多斤什么概念，把二十瓶农夫山泉捆在身上你就知道了。而她，还是像闪电一样苗条。

胖起来后，血脂血糖都跟着高了起来。为了健康，我办了张健身卡，可是瘦下来的速度永远赶不上长肉的速度。

也就是这时候，她报了一个旅行团，她说爬山比较容易掉肉，而且我们所在的城市的所有餐厅基本上都被我们光顾过了，她想去外地觅食。

我能爬山减肥，她能尝遍祖国各地的美食，两全其美的事情，我没有理由不答应。可是真到了旅行团之后，我才发现，减肥和觅食都是借口。女朋友之所以参加旅行团，是为了追星。

具体的情况我们稍后再聊，为了避免你到后面忘了我，先做下自我介绍，我叫李逾，就是一个长得很过分的姓李的家伙。我的女朋友叫顾湘，只顾低头吃饭的顾，湘菜的湘。

Story
About
Us.

01

末日旅行团

01

顾吉、周允、米小微、戴丝斯，这四个人，在2012年之前，谁也不认识谁。

顾吉的职业是美食专栏作家，每天在各地品尝美食，然后写出美食攻略给各种时尚杂志。因为从不收餐厅老板的红包，从不昧着良心夸赞任何一家不好吃的餐厅，这些年来他一直没能赚到钱，但也正因为他耿直实在，网上有很多网友拥护他，只要是他推荐的餐厅，人气一定爆棚。

周允的职业是摄影师，他最初选择摄影师这个行业，就一个目的，那就是泡妞。因为大多数女生都爱拍美照。这些年来，为了拍到一张好看的照片，丢了性命的女生都有，丢了贞操的女生就更是比比皆是了。因为拍过无数知名度颇高的网红美少女，周允在网络上也颇具人气。有了人气之后，他就不再只是满足于人像摄影，开始涉足风景领域，把人像和风景结合，拍出了不少近似行为艺术的照片，捧的骂的都有，一时间也算是摄影圈的一个话题人物。

米小微就是个纯粹的网红，一开始走红是因为一个最美酒店试睡员的评比，走红后她就没再做酒店试睡员了，靠着人气开了个淘宝店，卖一些女生喜欢的包包和衣服。

戴丝斯是个上班族，每天朝九晚五。除了时不时来一场辞职旅行之外，大部分时间，都是在家和公司之间晃荡。

把他们四个串联到一起的，是一家旅行网站，这家网站搞了一个末日旅行团。请了顾吉、周允、米小微这三个在网上具有较高人气的自由职业者做代言。

说是代言，其实一分钱代言费也没有，网站给他们三个的回报只有网站的白金会员卡和免费加入末日旅行团的资格。

众所周知，2012年的时候，关于世界末日的传言甚嚣尘上。很多商家都利用末日作为噱头吸引大众消费。这个末日旅行团就是其中之一，他们做这个旅行团的主要目的，就是为了宣传他们的网站。

这个末日旅行团的行程一共是10个月，可能是为了避免有些上班族或者学生不能请太久假，或者是资金筹备不够充分，十个月又分为五次，每次两个月。

五次分别是五条不同的线路，第一条线路是三月从长沙出发，第一站去国家第一个森林公园张家界，第二站去杭州西湖及周边，第三站临安天目山，第四站安徽黄山，第五站景德镇，第六站鄱阳湖，第七站庐山，第八站井冈山，第九站衡山。

第二条线路是五月从长沙出发，第一站南宁，第二站防城港、北海，第三站三亚、海口，第四站广州、深圳、东莞，第五站厦门，第六站福州，第七站温州雁荡山，第八站苏州、乌镇、西塘，第九站东极岛。

第三条线路是暑假从成都出发，第一站贵阳、安顺黄果树瀑布，第二站昆明、西双版纳，第三站大理、丽江、泸沽湖，第四站拉萨，第五站青海湖、敦煌，第六站乌鲁木齐、吐鲁番，第七站兰州、西安，第八站眉山、峨眉山、乐山，第九站康定、稻城。

第四条线路是九月从郑州出发，第一站武汉东湖、黄鹤楼，第二站荆州、恩施大峡谷，第三站十堰武当山，第四站南阳白云山、开封相国寺，第五站洛阳龙门石窟，第六站少林寺、云台山，第七站安阳殷墟，第八站华山，第九站延安。

第五条线路是十一月从北京动身，第一站太原、五台山，第二站大同恒山，第三站泰安泰山，第四站青岛，第五站蓬莱岛、烟台，第六站大连，第七站沈阳、长春，第八站哈尔滨、漠河，第九站秦皇岛。

游客可以五条线路全选，全选费用是十万。也可以单选，每条线路两万到五万不等，也可以选择五条线路任意一站中途加入。

住宿方面，大城市一律五星级酒店，景区全部住最高档的特色客栈。交通方面，有飞机的一律飞机，没有飞机的一律高铁软座或动车软卧。没有铁路的一律包高档大巴车专车接送。全程无任何额外消费，旅行结束后网站会送价值五千元的纪念品礼包。

网站方面事先找了顾吉、周允、米小微，这三个人都是自由职业，时间充足，虽然这趟代言没钱，但是给的回报毕竟价值十万，而且网站答应末日旅行团之后的东南亚旅行团、西欧旅行团、南非旅行团、北美旅行团都会免费邀请他们加入，最后三个人都答应了。

这三个人加入后，网站方面就开始用他们三个做噱头，去和一些景点、酒店、餐厅谈广告植入了，米小微在酒店试睡方面的人气、顾吉在餐厅美食行业的人气、周允在人像摄影和景点摄影方面的人气，其实用性远远超过那些娱乐明星。当然，除了他们几个更实用之外，主要也是因为主办方请不起大明星。

02

戴丝斯的新工作，就是旅行网站的活动策划人的助理，末日旅行团这个项目启动之后，戴丝斯的主要任务，就是负责照顾顾吉、周允、米小微这三个在网上颇具人气，却又不像娱乐明星那么红的网络红人。

因为需要他们点评旅行过程中会光顾的酒店、餐厅和景区，照顾他们三个的情绪对于戴丝斯来说是天大的事情，一旦有任何一个人不满意要退团，就会导致她丢工作。所以虽然她也可以免费参加这个旅行团，她却一点儿也没有要去长途旅行的兴奋感。

能够和才华横溢的顾吉，迷人帅气的周允，性感柔美的米小微一起旅行，对于很多网友来说都是妙不可言的事情。

但现实是，这趟旅行耗时耗钱，多数人都是有钱没时间，有时间没钱。

最后真正花钱参团的，只有二十个人，而这二十个人，全都是已经退休的大爷大妈。不仅没有一个人是三个小网红的粉丝，他们连网都很少上。而且这些人也都是选的只走第一条线路，没有一个选全程的。这同时也意味着，如果第二条线路后期无人加入，这些老大爷又在第一条线路之后就脱团了，那顾吉等人，也不用每条线路都走一遍了。

在去机场的大巴上，看着周围一群大爷大妈，顾吉感到很心酸。有钱有时间又害怕世界末日的，大概只有这些大爷大妈了。他们奋斗了一辈子，终于到了可以畅快去玩的年纪。但他们的身体，已经由不得他们疯狂了。

而那些可以畅快去玩的年轻人，一个个正在被梦想折磨着，努力奋斗着，最后不一定会成功，也不一定会失败，但一定会苍老。

人在年轻的时候，究竟是该去奋斗赚钱，还是该去折腾瞎玩，究竟是前者对生命更负责，还是后者对生命更负责？

顾吉在思考这些的时候，周允已经坐到了米小微的旁边，跟美女套近乎是周允的强项，车刚开出闹市区，米小微就已经被周允逗得乐不可支。

戴丝斯坐在顾吉的旁边，她一直在打电话，公司里、机场、酒店等等一堆的事情需要她去安排和确认。

他们的第一站是张家界，作为国家第一个森林公园，最

初只是一个林场，被画家吴冠中发现后，名扬全世界，每年都有无数游客从地球的每个角落赶来。

张家界最好看的所在是黄石寨，海拔1200米，相传是汉初三杰张良命名的地方，这个地方在张家界武陵源区，距离市中心有三十公里左右。美则美矣，住宿和交通却不是很方便。

不过交通住宿方便的地方，基本上已经被人类污染得不行了。森林公园里有天然大氧吧，而距离森林公园只有三十公里的张家界市区一年中有一半时间都处于重度污染之中。

去往张家界的高铁一直在修建，他们从长沙坐火车或者汽车去张家界都需要至少四个多小时的车程。网站为了让开场气派点，第一站包了架飞机。

上飞机后，戴丝斯才想起来，她还没有介绍三位特邀嘉宾给彼此认识。虽然他们都坐在头等舱，通过戴丝斯对他们的态度和之前网站对旅行团的宣传，他们大概也都知道对方是谁，但介绍一下还是有必要的，毕竟不是每个人都像周允一样自来熟。

网络红人这个圈子，是最近几年才兴起的，他们虽然不像娱乐明星一样横跨多个领域妇孺皆知，但在网络上的号召力却丝毫不亚于娱乐明星。

而网络红人这个大圈子，又分为若干个小圈子，平素这些圈子基本上是从不来往的。像古风音乐唱得好的大大，有数百万粉丝，但是离开了古风圈子，没人知道他是谁。COS领域的大神，离开了二次元，也是小透明一个。包括顾吉这样的美食专栏作家，离开了吃货堆，跑到金融圈子里，跑到摄影圈子里，也是小透明。

顾吉、米小微和周允三个人虽然都是网红，但分别隶属三个不同的圈子，没有任何利害关系，如果不是这场活动，他们三个根本不知道世界上还有一个对方的存在。他们在自己的领域虽然是大神，但是在对方的领域也都是小透明。

所以如果没有戴丝斯介绍，高冷的顾吉，是不会主动和周允说话的，周允虽然自来熟，能看到他眼里的也只有美貌的米小微。而米小微被人恭维惯了，顾吉不主动找她，她一时半会儿也懒得搭理顾吉。

介绍完三个人的来历背景之后，戴丝斯想起出门前上司的嘱咐，上司说："缓解旅途疲劳，消除陌生人之间的隔阂最好的办法就是打牌，那些老大爷老大妈你可以不用管，三个嘉宾的情绪你一定要照顾好，所以扑克麻将象棋什么的都带着，到时候及时拿出来，他们三个玩高兴了，我们网站后续的宣传工作就好做。"

和戴丝斯同行的同事也带了扑克，已经给想玩牌的老大爷老大妈发下去了，虽然也飞不了多久，可是干坐着也尴尬。看到后面的大爷大妈已经玩起来了，戴丝斯就把扑克给了周允，撺掇他们玩起来。

周允接过了扑克牌，转头看向顾吉，顾吉表示对打牌没兴趣。周允就用扑克玩起了魔术，魔术这个东西可以吸引到任何有好奇心的人。虽然一开始周允是玩给米小微的，到了后来，戴丝斯和顾吉也看得津津有味，等到下飞机的时候，四个人虽然没有非常熟络，却也没有了陌生感。去酒店的路上，顾吉还帮戴丝斯拎了行李。

Story
About
Us.

02

武陵源猕猴桃

01

张家界这些年一直在开发旅行景点，可以去的地方太多，很多峡谷和山峰都大同小异彼此重复，光是天门山上就有两处玻璃桥。为了节省时间，网站只订了两个地方的门票，一个是位于市区内的天门山，另一个就是离市区三十多公里的森林公园。住三晚，玩两天。

住下来之后，戴丝斯就订了饭店，带着一行人去吃饭。张家界的特色饮食不多，只有一个三下锅和草帽面，其他的东西在湖南任何地方都可以吃到，几个人之前都去过长沙，所以湖南美食基本上都领略过了，这一趟到张家界，顾吉主要想尝的就是三下锅和草帽面。

吃饭的时候，顾吉全神贯注，等到他吃饱喝足，才发现周允和米小微已经不见了，听戴丝斯说他们是先回酒店了。顾吉想，干吗不一起坐大巴车回去，张家界城区虽然不大，但走起来也麻烦吧。

戴丝斯看穿了顾吉的想法，面带坏笑地说道：“饱暖思淫欲，我看他们俩应该已经是好上了。”

“这也太快了吧，认识一天就好上了？”

“一见钟情嘛，我觉得他们还是蛮相配的。一个擅长拍美女，一个就是美女，多合适。”戴丝斯一副见怪不怪的口吻道。

“女孩子太不矜持会吃亏的，不过也不一定人家就是去做见不得人的事情了。我们还是不要背后说人长短了，早点回去休息，明天还要爬山。”顾吉懒得招惹是非。

出了餐厅，顾吉发现天色已晚，有些同行的老大爷老大妈上了车就开始瞌睡了。顾吉平时睡得也早，但出来玩的话还是很难有困意的，而且旁边还有一个戴斯丝，话里话外都在挑逗他，他就是想静下心来早点睡也难。

回到酒店房间后，戴丝斯没过多久就来敲门了。顾吉心想现在的女孩子也太不矜持了，看别人凑成一对儿了，自己就心痒难耐想脱单，虽说戴丝斯长得也有几分姿色，但毕竟是工作关系，她就不怕拍马屁拍到马腿上，没脱单反而丢了工作吗？

结果打开门，看见戴丝斯手里的麻将盒，顾吉才发现自己想多了，人家小姑娘只是想邀请大家打打麻将，增进一下感情。

单是戴丝斯邀请也就算了，不一会儿周允和米小微也来

了，原来戴丝斯先去找的他们俩，他们俩刚好都在米小微的房间，他们答应后，就成了三缺一，顾吉想推辞都难了。

因为第二天去市区内的天门山，没有步行上山的路，只能坐索道或者中巴车，他们也不想看日出，所以不用担心体力不支，几个人一口气玩到夜里一点半，才各回各房休息。

第一次和不熟悉的人打麻将，顾吉故意收敛着，很多能胡的牌，他都过了。几十圈下来，大家输赢都不大。

天门山上最好的景致都在山顶，坐索道一口气到终点站，出来就能看到皑皑白雪覆盖在树枝上，即便雪融了，也能看到闪闪亮亮的冰柱，像从树上长出来的。

虽然他们也都见过冰雪，但是天门山顶这样的冰雪奇观还是不多的，几个人是一顿乱拍，就连顾吉这种出来玩不带相机的，也用手机拍了几张。

离开索道站之后，有东西两条线路，景色都差不多，区别只是山左山右，最后都可以在山中间的天门山寺或者天门山主峰会合。顾吉选择了西线，是因为西线除了自然景致之外，还有李娜故居。不是顾吉偏爱人文多过自然风景，而是这个李娜着实跟一般的名人不同。

很小的时候，顾吉就听过李娜的歌，像《青藏高原》《好人一生平安》《女人是老虎》等等，这个年纪轻轻红得如日中天的女歌手在去了一趟天门山后就出家了，出家的原因成为流行歌坛最大的谜团。

天门山上有李娜别墅，其实就是当初李娜临时居住的小屋。李娜离开后，才被景区规划成了别墅。顾吉想，李娜在天门山有了出家的念头，却没有在天门山寺出家，一定是因为心里很矛盾。是选择出家还是俗世，她一时拿不定主意，就暂时隐居在天门山。不过并没有隐居多久，她就去山西五台山剃度了。

要女人舍弃秀发舍弃美貌，舍弃世俗中的荣华富贵，守着青灯古佛与世隔绝地过一生，并不是件容易的事情。天门山上什么样的存在触动了李娜心里的机关？顾吉逛了一圈，依然不知道答案。

不过他也知道，个人的成功失败在历史的长河面前不值一提。再红再成功的人，也不过是沧海一粟罢了。而且更多的人，根本不去想历史长河，只关注个人眼前的一些事情。比如米小微，她一路上不管到哪儿，都在让周允给她拍照，她在意的只是周允有没有把她拍得很美。至于路过的是李娜别墅还是张娜故居，她完全没兴趣知道也没兴趣深入了解。而戴丝斯呢，她出来玩，除了完成工作之外，最大的目的就是解决个人问题，找个有钱人嫁了。如果不是报名参团的都是老年人，估计这会儿戴丝斯已经找到合适的人了。

找不到合适的下手对象，又不愿意做米小微和周允的电灯泡，戴丝斯就只有跟着顾吉。她也能感受到顾吉对她没兴趣，可顾吉长得赏心悦目的，和顾吉在一起总比和那群老大爷在一起好。更何况照顾好嘉宾本来就是她的本职工作。

不过顾吉的步速很快，不大一会儿就甩掉了戴丝斯和众人，一个人跑到了天门山寺和天门山的主峰。

站在天门山最高处，可以看到半空中的云层有一条分割线。感觉像是分开了平流层和对流层。往常顾吉都是坐飞机航行在平流层，看着大片大片厚厚的云朵发呆。这是他第一次在山顶看到平流层和对流层同时出现，堪称奇观。

但他的悟性还不够，看了一会儿，只是觉得惊奇震撼，并不能悟到什么。在天门山寺，他也只是近佛亲佛，并没有拜佛。他只是觉得出家人很伟大，能够放下世俗的一切，而他还不够伟大，还有太多的东西放不下。

天门山上最险的地方要属依山而建的玻璃桥，但因为建

造了护栏，所以只要不恐高，其实走起来和平路差不多。不像华山那种没有护栏的栈道，每年都会有人掉下去，但还是有人前赴后继去冒险。

02

逛了两个多小时，顾吉就先下山了，下山前他给戴丝斯打了电话，说身体不适，在酒店等大家。戴丝斯也没有别的安排，逛完天门山后就是在酒店集合，然后坐大巴车去武陵源的酒店。

张家界市只有两个城区，一个永定区，一个武陵源区。武陵源区又分为两个地方，一个是武陵源，一个是森林公园。森林公园就是黄石寨的所在地，开发得较早，适合爬山，比较原始。武陵源则是武陵源汽车站的所在地，酒店林立，商业集中，适合居住。

虽然从武陵源去天子山很方便，但天子山没什么好玩的，尤其是去了森林公园和天门山之后，天子山就更不值一看了。不过从森林公园到天子山会经过杨家界、袁家界等景点，偶尔也还是能看到几处小景致，最重要的是在这段路上，能够买到山里长的猕猴桃，又大又甜。可以说整个张家界，最值得一吃的不是三下锅，而是这山中的猕猴桃。如果不是负重走山路太累，顾吉都想买上一袋子背着。

森林公园距离顾吉等人住的酒店还有十公里的车程，他们没有时间直接去公园内，从张家界市到武陵源区的酒店之后，他们就结伴去吃晚饭了。晚饭就在酒店内，吃完依旧是打麻将。但因为第二天要去森林公园爬山看日出，所以只玩到十点多，众人就休息了。

第二天一早众人启程去森林公园，因为山路陡峭，要爬1200米，所以大部分人都选择了坐索道。只有顾吉和几个老大爷老大妈选择了爬山。

和青城山、衡山一样，从森林公园去黄石寨这一路爬上去，非常能够体会爬山的乐趣。因为是吃了早饭出发的，已经来不及看日出，但呼吸着无比新鲜的空气，行走在茂盛的森林之中，感觉整个人的内心都被洗涤了一遍。

黄石寨是张良的师父黄石公曾经居住修炼的地方，张良当时建造的山寨已经不存在了，只剩下一个阁楼，可以用来眺望周围的山峰。沿途有很多猴子，但是都在树上，仿佛有些怕人，只能远观。

下山之后，顾吉去了金鞭溪，除了听说可以看到在溪边讨吃的猴子之外，《西游记》的取景地也在金鞭溪。金鞭溪沿途很多别致的景象，听路过的游人说，电影《阿凡达》的取景地也离金鞭溪不远。

看着周围山峰林立，想着《阿凡达》里的悬浮山，想着《西游记》里三打白骨精的场面，顾吉感觉像是回到了童年。

金鞭溪沿途很多猴子，都是猕猴，都很调皮，如果你喂它食物，它会追你一路，直到你把身上所有可以吃的东西都给它才罢休，不然甚至会撕扯你的衣服和包包。不过比起峨眉山的猴子，金鞭溪的猴子还是文明的，起码不会拿石头砸人，不会把人推下山崖。

顾吉不喜欢猕猴，只喜欢猕猴桃，离开张家界时，顾吉托戴丝斯在当地人手里买了很多猕猴桃，个个汁水多果肉甜，吃下去如同吃了人参果，感觉可以返老还童起死回生。

就张家界这趟旅程来说，其实顾吉最想去的地方，是陶渊明笔下的桃花源。——“缘溪行，忘路之远近，忽逢桃花林……林尽水源，便得一山，山有小口，仿佛若有光。便舍船，从口入。初极狭，才通人。复行数十步，豁然开朗。”可惜那个地方还没有开发，荒凉一片，网站也没有安排去那里探险，只能作罢。

不过因为武陵源没有开发桃花源，导致重庆开发了一个武陵源出来，要跟张家界一争高下。所以武陵源为了保住正统，估计早晚是要种上桃花林的。顾吉想到那时候，再单独来一趟张家界。

Story
About
Us.

03

西湖龙井虾仁

01

游完森林公园，在武陵源住了一夜，去逛了溪布老街，看了篝火晚会之后，就要准备坐飞机去杭州西湖了。

顾吉对西湖没啥兴趣，参团之前看路线图，他感兴趣的地方有四个，一是北极村，二是东极岛，三是涠洲岛，四是西藏。这东南西北四个地方顾吉之前都没去过，还有三山五岳，三十六洞天，七十二福地里顾吉也有一些地方想再去逛逛。毕竟作为中国人，总是要把国内的景点逛完了，才好意思去国外。而国内的景点，他们这个末日旅行团要走的路线，除了港澳台，基本上都包括了。

至于像成都、杭州、重庆这样的城市，顾吉是没啥兴趣的，这些年他陆陆续续也到过不少城市，大同小异，尤其是西湖，他至少来过四五次，虽然也喜欢这里，但跟着一群人像游客一样呆逛，他觉得没意思。

无独有偶，周允和米小微对第二站也是兴趣缺缺，那些要去的地方他们俩也都去过。周允觉得与其跟着一群人去故地重游，不如在酒店打麻将。

戴丝斯的任务主要是负责照顾三个嘉宾，三个嘉宾不去逛景点，她也没法去，好在公司同行的还有别的同事，她不去也不影响整体出游，只是和景点相关的美食，只能用顾吉以前的旧文凑合交差了。

周允过去拍过西湖，所以影响也不大。确定了四个人都不去后，戴丝斯就拿了麻将出来。顾吉不喜欢玩扑克，对麻将却是一往情深，尤其是四川麻将血战到底。所以即便和周允不怎么聊得来，只要米小微邀请，他还是会和几个人一起打到半夜。

顾吉的QQ签名就是关于麻将的一个段子——请说出三条支撑你活下去的理由，我胡三六条，六条让人杠了。

戴丝斯的麻将打得最差，再加上怕胡了三个大神任何一个也不好，于是非自摸不糊，所有人的点炮她都放过了，最后她输得最惨，这几天打下来，一个月的工资都输光了。

顾吉为了补偿她，用赢来的钱订了几个饭店，请同样输了钱的米小微和周允吃饭。先是去了楼外楼，把杭州名菜点了一遍。

杭州菜，排名第一的当然是西湖醋鱼，然后是东坡肉、叫花童子鸡、龙井虾仁、杭州酱鸭、蜜汁火方、宋嫂鱼羹、炸响铃、西湖莼菜汤、鱼头豆腐、鱼头浓汤，吃完这些，顾

吉又带他们去河坊街吃了葱包桧、迷宗大包、片儿川面、虾爆鳝面、猫耳朵、吴山酥油饼、知味小笼……

足足吃了两天，才把杭州特色吃完。吃饱喝足之后，顾吉撇开众人，独自去了一家小剧场看孟京辉导演的话剧《恋爱的犀牛》。相比起电影，顾吉更喜欢话剧，话剧的生动是电影不能比的。顾吉不明白，有些人既然喜欢看3D、4D、5D电影，为啥不直接去看话剧。

其实本来看话剧的时候，顾吉想叫上戴丝斯，但是被戴丝斯吃饭的时候的一句话给扫了兴。在楼外楼，说好了顾吉请客，但是看了菜单上的价格，戴丝斯一直在抱怨好贵好贵。

顾吉心说我请客，又不让你找网站报销，你嫌什么贵，楼外楼可是当年周总理都来过的正宗百年老店。而且一道龙井虾仁一百八十八你觉得贵，那几千块的化妆品和衣服，几万块的包包，你怎么就舍得买？

正是在饮食上意见的不同，让顾吉觉得戴丝斯这个人虚伪，或者起码可以肯定她不是个正宗吃货。只是伪装的吃货，正宗的吃货才不会管价格，只要好吃，只要吃得起就一定会毫不犹豫地去吃。当一万块的包包和一万块的美食放在一起的时候，吃货会毫不犹豫地选择美食。

戴丝斯一边说自己是个吃货，一边感叹菜单上昂贵的价格的时候，顾吉好想说，嫌贵你就别吃了。在吃货眼里，如果好奇一道菜的味道，不管花多少钱都会买来吃了。如果不

Chapter 03

西湖龙井虾仁

是吃货，就会选择。有了选择，这种喜欢就不纯粹了。就像人谈恋爱，一定是非某个人不可的，如果觉得这个人有钱，那个人帅气，思来想去不知道选哪个，那肯定就不是真爱。

之前周允和米小微还有戴丝斯都来过杭州，但关于吃的，去哪家店吃最正宗，他们是一概不知。这趟跟着顾吉，他们才体会到吃的乐趣。只不过他们开心了，顾吉却觉得跟一帮伪吃货在一起，吃得一点也不尽兴。

不过话说回来，寻找美食这件事，不到最正宗的那家店是体会不到美食的精髓的。就像有的人去了西安，随便找个牛羊肉泡馍店，随便找个肉夹馍摊，随便找个擀面皮馆子，可能吃得还不如自己在山东或者河北的陕西特色饭店的正宗。

同样，河南的胡辣汤和烩面，也不是每家都好吃。杭州的龙井虾仁、西湖醋鱼也只有一两家店能够让人吃了之后回味无穷。

02

离开杭州之前，顾吉去了趟灵隐寺，上次来他是和女朋友一起的，两个人还请了两串佛珠。本来女朋友还想去飞来峰上看看的，但是当时没时间，就没去看。如今有时间了，女朋友没了。

Chapter 03

西湖龙井虾仁

顾吉喜欢所有和信仰有关的地方，例如寺庙、道观、尼姑庵，他觉得俗世复杂，唯有这些地方纯粹。很多放不下的事情在这些地方坐一坐就放下了，很多想不起来的人在这些地方坐一坐就会想起。

坐在灵隐寺的台阶上，顾吉想起了前女友的笑脸。那是他和她第一次来杭州，他们去看了岳飞墓、苏小小墓、于谦故居。还记得上雷峰塔的时候前女友说："怎么装了电梯，这样上千年古塔，太出戏了。"

就像洱海有最佳观景点一样，西湖也有好看和不好看的地段。和前女友逛西湖的时候，顾吉只逛了断桥残雪那一段，那时候他对前女友说，以后有时间了，要绕着西湖走一圈，结果，再也没有后来了。

所以说有花堪折时直须折，不珍惜眼前人，不及时行乐，是不会有后来的。后来只能是，顾吉再也不愿意逛西湖，怕触景生情。后来只能是，顾吉还是去了灵隐寺，不愿想起的，始终无法忘记。

杭州新开发了一个地方，叫西溪湿地，也是AAAAA景区。可以划船，听曲，看蚕，喝茶。电影《非诚勿扰》曾经在这里拍摄，但是网站的行程表里并没有列入西溪，连西湖龙井的茶园、茶山也没有安排。如果说写这趟行程表的人是智者，那只能说是智者千虑必有一失。

离开杭州的时候，在车上有人聊到断桥，米小微问："我逛了一圈，也没发现桥在哪里断了啊？"

顾吉说：“到了下雪天，桥上布满了雪，雪在桥中间如果化掉了，远远看过去，就会感觉桥像断了一样。断桥的典故，也是来源于此。”

米小微听完，一脸崇拜地看着顾吉，如果不是周允太热情，她可能都要跟戴丝斯换个位置，坐到顾吉的旁边去了。在她看来，听顾吉讲故事，是一种享受，比看周允变魔术更让人舒服。

Story
About
Us.

04

天目山鲜笋

01

杭州坐汽车走临安市转车可以到天目山，或者到临安下属的小镇淤潜转车。总之就没有杭州直达天目山的车，过去好像开通过，后来又停了。

江浙沪本地人去天目山，基本上都是自驾游。和黄石寨一样，交通的不便在某种程度上保护了天目山这座原始森林公园，当然这也影响了当地旅游业的发展。

网站怕坐车转来转去麻烦，就包了辆大巴，大巴车上贴着末日旅行团的海报，一路上十分招摇。

对天目山，顾吉还是有些兴趣的，这座山汉朝的时候就有名了，据说是韦陀菩萨的道场，是三十六洞天之一。还是张道陵的出生地，李白在这里写过诗，昭明太子在这里著过书。海拔虽然只有一千五百多米，算不上高山，却也比得上顾吉曾经到过的衡山、青城山了。

顾吉爱山，虽然不像爱美食那样会主动去寻觅，但只要一进山，顾吉就觉得亲切，好像上辈子就住在山里，或者干脆就是山里的一棵树。再或者像进化论说的那样，大家原本都是猴子，顾吉这只猴子，原本一定是住在山林里的。

天目山最出名的，是天目铁木，全球仅存的五棵，都在天目山。而且这里的树还足够大，要三个大人合抱才能抱住的树就有数百棵，六十米以上的树有数十棵。所以这里又有大树王国之称。恐龙时代的野生银杏这里都有，堪称活化石。当然这些都是在森林深处，爬山途中见不到太原始的树木，不过三人合抱的百年大树还是能看到一些的。

不光是古老，天目山空气中的负离子含量，达到了每立方厘米十三万个，可以说是天然的氧吧。雾霾可以致病，好的空气自然就可以治病。单单是为了这好空气，也该往天目山走一走。

不过米小微和周允对天目山的兴趣倒不大，他们听说要住农家乐，就有些不想去，觉得不如酒店干净卫生。但这里不比西湖，不去不行，他们到了临安逛完了天目山就要就近去黄山，不会回杭州了。

米小微虽然也爱旅行，但都是爱香港、首尔、东京之类的可以疯狂购物的地方，对山，尤其是这趟必经的黄山、衡山、泰山、武当山、恒山、华山、雁荡山、嵩山，等等，是望而却步。唯一让她欣慰的是，戴丝斯说这一趟走下来估计能够瘦十多斤。

周允在见到米小微之前，还觉得女网红都是靠化妆和PS，真人是见不得光的，结果几天和米小微接触下来，素颜、淡妆、浓妆都被他看到了，他才算是改变了对女网红的成见。米小微是天生天然的美人坯子，这一趟，单是有个米小微作陪，周允就觉得值了。山山水水的他虽然不是很热爱，也不讨厌，只要能跟着米小微，让他怎么着都行。

去往临安的大巴车上，提前安排好的导游已经在讲解天目山的概况。当讲到中生代，也就是恐龙时代的植物的时候。顾吉想起来前段时间看到的一则新闻，新闻里说，因为地球变暖，冰川融化，西藏的大部分湖泊都因为冰川的融入而变大了，过去西藏最美最纯净的第一大湖纳木错已经被色林错取代了第一大湖的位置。

这并非什么好事，等冰川完全消融之时，也就是湖水渐渐干涸之时，环境的破坏是不可逆转的。那山那水不会永远存在。就像恐龙不会永远存在一样。

顾吉答应参与这趟旅行，也是因为有些风景现在不看，老了就看不到了。而且很多地方每年都在随着气候环境的变化而变化，错过了这次，就是错过了永远。从这个角度来看，顾吉之前思考的，到底年轻的时候该折腾还是该奋斗，似乎已经有了答案。

那些风景，你不趁着年轻去看看，等你奋斗得时间金钱都有了的时候，风景已经不在了，很多物种已经灭绝了。生命只有一次，有时候不能浪费在奋斗上。功名利禄，是没有

尽头的。等到有一天你的膝盖和骨头都出了问题的时候，你就是想爬山，也不能了。

02

天目山山脚下的农家乐不仅仅是不够干净，虫子还多。刚住下，米小微就被飞来飞去的虫子吓哭了，任凭戴斯丝磨破了嘴皮子，米小微也不愿意再住，如果不是交通不便，打不到车，她是打算连夜回杭州的。

最后还是顾吉想了办法，联系了禅源寺旁边的天目山庄，因为是周六，客房不多了，但还是够米小微和顾吉几个人住的。

订好酒店之后，他们便兵分两路，普通游客住山下的农家乐，嘉宾住禅源寺旁边的天目山庄。可能是因为顾吉及时解决了问题，米小微对顾吉的好感多了几分。同时她也发现，周允只会陪她玩逗她乐，关键时刻派不上用场。谁能共患难，谁能共富贵，一下子就分清楚了。

能共患难的朋友当然比能共富贵的人珍贵，到了天目山庄后，因为怕虫子，米小微就叫了顾吉一起到房间，打开灯和空调坐了一会儿，还真发现了一只虫子，虽然恐怖程度不能和山下飞来飞去的虫子比，但一只虫子也是虫子，米小微还是很害怕。顾吉把虫子捉住杀掉了她还是不放心，怕睡到半夜突然又有虫子冒出来。

最后顾吉问她怎么办，她说，你能不能跟我一起睡?

投怀送抱的女生顾吉也不是没见过，但是像米小微这么直接，这么漂亮的，他还是第一次遇到的。他嘴上说你先洗澡吧，看着你睡着了我就走。

心里却担心米小微半夜起来看到虫子还会大喊大叫把所有人都吵起来。天目山庄是他定的，如果再出问题，众人肯定要埋怨他了。

一边怕落埋怨，一边秀色可餐。本来还犹豫不决的顾吉，在米小微洗完澡出来，解下浴袍的那一刻，彻底失去了抵抗力。毕竟美人出浴这种级别杀伤力，对于顾吉这种血气方刚的年轻人来说，是致命的。

为了保住原则和底线，顾吉逃也似的离开了米小微的房间，但他和米小微的关系，就此进了一大步。在他看来，米小微对他是完全不设防的，当他是自己人。在米小微看来，顾吉也是可信赖的，不贪小便宜，不乘人之危。

很多年后，顾吉看到电视上重播林志颖饰演段誉的那一版的《天龙八部》，看到段誉在木楼上无意间目睹了小龙女的天姿国色。那情景，和顾吉的遭遇如出一辙。只不过顾吉对米小微，只是从陌生到熟悉，或者说从熟悉到信任。仅此而已，并没有到倾慕和热恋的地步，前任的影子还时常晃悠在顾吉的脑海里，太念旧情的他，很难一下子就接受一个全新的人。

而且他也不知道米小微和周允发展到了哪一步，不知道自己和米小微走得太近会不会伤了周允的心。不过他也懒得知道，反正都是萍水相逢，旅行结束，大家就各奔东西了。不管是周允还是米小微，他都不想深交。

第二天一早，酒店准备了丰盛的早餐，来之前顾吉就听说过，临安的小核桃闻名全国，天目山的竹笋味道一流。

吃早餐的时候他特意吃了一大碟竹笋，也许确实是山清水秀空气好，食物也干净养人，肠胃一直不太好，身体一直亚健康的顾吉在天目山住了一天后感觉整个人年轻了好多岁。同样的森林公园，顾吉觉得天目山的空气比张家界好太多。

当然，这种好只能归功于没有过度开发，这里不像张家界有索道，要爬到山顶的仙人顶只能靠步行。而且山路崎岖，乱石挡道，再加上山顶寒冷，有积雪，积雪被踩踏后又变成泥，泥又变成冰。戴丝斯在登顶的路上摔了几个跟头，浑身沾满了泥巴，当然，这是后话。

且说吃早饭的时候，米小微故意来找顾吉坐着，周允虽然热情，却也不傻，一眼就看出了猫腻，不过他也没恼火，这趟旅行，他本来也是逢场作戏，米小微虽美，却也无法让瘦燕肥环都喜欢的周允完全拜倒和满足。

反倒是戴丝斯有点恼火，她是有些喜欢顾吉的，本想着放长线钓大鱼，慢工出细活。但是一早她就看到顾吉从米小微的房间里出来了。如果不是碍于工作关系，她真想和米小微一较高下。

而米小微对这些人的心理变化是完全不知情，为了多休息，她还嘱咐戴丝斯带着麻将爬山，说从来没在山上打过麻将，想过一把仙风道骨的瘾。戴丝斯苦笑着答应了。

山道两旁全是巨型杉树，登山途中，顾吉走得飞快，米小微和周允被远远地甩在了后面，戴丝斯跟在顾吉后面，走快了怕照顾不到米小微和周允，走慢了怕跟丢了顾吉。

顾吉瞧见戴丝斯为难的样子，就帮戴丝斯拎了麻将袋。戴丝斯感激不尽，紧跑两步，一边把包里的橙子分给顾吉

吃，一边跟顾吉聊了起来。

戴丝斯：“你觉得我们这趟线路安排得怎么样？”

顾吉：“蛮好的，三山五岳都涵盖了。”

戴丝斯：“公司是找了国内最著名的登山家规划的线路。”

顾吉：“难怪，只是苦了不爱登山的米小微了，要是我规划，估计会把五湖四海也涵盖，我们这次好像只经过了五湖里的鄱阳湖？”

戴丝斯："智者千虑必有一失嘛。"

顾吉："主要还是祖国的大好河山太多了，下次要是再有机会，可以带我们把剩下的大江大湖大海逛了，顺便再逛逛武夷山、龙虎山、天姥山什么的。"

戴丝斯："要是有下次，我可不来了，做爬山助理太累了。"

顾吉："放轻松啦，你慢慢爬，我先走啦。"

说着，顾吉加快了步速，很快就消失在了戴丝斯的视线里。戴丝斯回头看，周允和米小微还在山脚慢悠悠地走着。米小微的背包和外套都堆在了周允身上。

米小微虽然也经常去健身房，但大都是做瑜伽，跑步机她都很少上，更不要说室外运动了。旅行这件事她是喜欢的，但爬山对她来说太累了。

好不容易追上了戴丝斯，她接过戴丝斯递过来的水，大喝几口后说："接下来要是有爬山的活动可不可以坐索道？"

"原则上说是不可以的，毕竟我们是末日旅行团，是为了在末日到来之前好好体会我们美丽的山河的，坐索道会失去很大的意义，但是要是嘉宾实在吃不消，坐索道也没关系。说实话我也受不了连着几天都爬山，这才刚开始，上来就是一千五百米的高山，后面还有黄山、庐山、井冈山，我可以陪你坐索道。"戴丝斯一口气吐槽了一大堆。

"加我一个，我也喜欢坐索道。"周允笑眯眯地在一旁

说道。

“那就剩下顾吉，他坐索道吗？”米小微问戴丝斯。

“他像个猴子一样，一看到大山大树就兴奋，这会儿估计他已经爬到大树王景区了，指望他跟我们一起坐索道估计是不可能了。”戴丝斯望着上山的人群道。

顾吉爬到仙人顶后才发现，因为天气问题，山顶的风景还不如沿途。站在天目山的最高处，近看只有一个天文探测器，远看则云雾缭绕，什么也看不清。

等了一会儿，不见有人跟上来，他便下山了。下到开山老殿，看到有家面馆，他便想进去休息一下。刚一进去，就看到米小微和周允正在吃面，戴丝斯也在旁边，可能是为了减肥，面前只泡了杯茶。

“你们不去仙人顶了吗？”顾吉要了碗汤面，特意嘱咐多放竹笋。在这种海拔一千多米，积雪未融寒气逼人的地方吃一碗热乎乎的汤面，实在太过瘾了。

“能爬到这里已经不错了，反正已经看到了乾隆皇帝御封的大树王，看了昭明太子的故居，沿途也看了那么多大树，呼吸了那么多新鲜空气，也算是不虚此行了。”戴丝斯一边喝茶一边说道。

“我正想给你打电话呢，吃完面咱们打麻将吧，反正现在回酒店还早。”米小微提议道。

“我无所谓。这里有炭火，山下有空调，你们说在哪儿就在哪儿。”周允附议。

03

几个人在半山腰的面馆打了一下午麻将，直到暮色四合了才下山去。晚上酒店的饮食依旧丰盛，虽然都是农家小炒，但食材干净，吃起来别有一番风味。

第二天醒来，顾吉早早的去了餐厅，想着再大吃一顿，就可以走了。结果却被告知并没有准备早餐，因为酒店周六入住的客人周日已经走了。他们这批周日还要继续住的客人不足五人，准备太多饭菜太浪费了，干脆他们就没有准备。

想到这是自己从网上找来的酒店，顾吉强忍住了脏话没骂出来。附近也没有餐厅和超市，如果不和饭店打好招呼，早上就要饿肚子了。

正和饭店服务人员商量着，戴丝斯也来了，虽说房费里并没有写明了包含早餐，但让客人饿着肚子毕竟不好，最后餐厅还是找了人烧了一大锅竹笋粉丝汤。味道虽然不及前两餐美，但几个人都饿坏了，也都没有多说什么。

吃完饭，大家收拾行李去山下和大部队会合，准备启程去黄山。也有人提议想去逛天目山大峡谷，或者浙西大峡谷，以及朱元璋屯兵的大明山，都被戴丝斯否决了。

天目山之行不仅仅让她摔破了衣服，她在这趟行程里最美好的一点期待也被米小微破坏了。虽然顾吉很大方，一直帮着她解决难搞的嘉宾的情绪问题，但她知道，顾吉根本不是在意她，顾吉只是不想被意外因素打扰了自己的心情罢了。不过她也不在意这些了，公司的同事已经告知她，她跟进的这个项目因为进展不顺利，迟迟没有新的旅行者报名参团，随时有被叫停的可能。

既然随时会被叫停，那也就不必多情了。多情总被无情恼，本来她还想私下跟顾吉说下旅行团可能会叫停的消息，但现在她觉得不用了，说了反而会惹来不必要的麻烦。

不过以她对顾吉的观察，她觉得顾吉即便知道了，可能也不会做出什么反应。在顾吉眼里，万事万物都是虚空的，人类不过是地球的一个过程，不是过去也不是永恒。亿万年后，人类会消失，人类创造的所有文明都会消失，人类追求的一切都是没有意义的。

也正是在这没有意义的人生中寻找意义，顾吉才会参加这个旅行团。只是不管旅行团进行到最后，还是中途夭折，他都不会生气，都不会为了眼前这件小事生气。因为生气不生气，对于漫长的宇宙来说都是没有意义的。

Story
About
Us.

05

黄山乌糍饭

01

三山，黄山、庐山、雁荡山，五岳，华山、嵩山、衡山、恒山、泰山，因为地处中原，这几座上虽然没有西方的雪山那样高，名气却比西方无数高山都大。无数的诗人在这些山上吟诗作赋，登高望远，借物言志。

不过近些年来，年轻人大都忙于应付考试，除了旅游专业的，问起其他学生三山五岳都有哪些，已经鲜有人知了，更别说五湖四海了。大家都忙着考试、工作、赚钱。登山这种运动，渐渐不流行了。即便是九九重阳节，也没几个人爬山。

俗话说，黄山归来不看山，黄山作为集万千大山精华于一身的胜地，是顾吉早就想去而一直没去的。没去的原因很简单，因为世人把黄山称赞得太好了，顾吉怕去了失望。

对人，对事，对风景，都是这样，一旦抱着巨大的美好的期待，就很容易失望。反而是那些不抱希望的地方，容易获得不期而遇的惊喜。

从天目山到黄山市蛮近的，虽然没有火车和飞机，但坐汽车时间短，也不算太累。只是他们到的是黄山市，从黄山市到黄山风景区，倒是比他们预想的远了一些。

抵达黄山市之后，戴丝斯安排一行人在屯溪老街住下，然后独自去了车站，说是接几个新加入的成员。这些成员都是花钱参团的，虽然半途加入不需要太多费用，但也是旅行网站的衣食父母。

如果不是中途有人加入，旅行网站搞的这个末日旅行团很快就会夭折了。毕竟花了大量的宣传费，联系了无数广告商，请了顾吉等嘉宾，最终的目的，还是希望网站火起来。就像大型的演唱会，前期的宣传固然重要，最关键的却还是上座率，如果宣传了半年，最后一个买票进场观看的都没有，那这演唱会也就没有办下去的必要了。

最初末日旅行团这个概念提出来，网站方面以为会吸引无数人的，结果最后只有寥寥无几的退休老大爷老大妈报名参加，他们原计划是打算坚持走完第一条线路，如果第一条线路走完之时，第二条线路还是没人报名，那么接下来的行程就会被无限期延迟了。

黄山临时加入进来的成员，多少给了这个旅行团一点希望。虽然只有两个人，但肉少也是菜，有人参加总比没人好。因为听说来的是一对情侣，戴丝斯就只举了一个牌子，

牌子上写着女生的名字，白地蓝字——顾湘的名字，第一次被写得这么大，也是第一次这样显眼地被无数车站的旅行者看到。

接到人之前，戴丝斯还在犹豫，不知道把这两个人安排在老年队好，还是安排在嘉宾队好。安排在老年队，小情侣肯定玩得不开心。安排在嘉宾队吧，又怕被嘉宾们嫌弃。她就此事请教她的领导，领导让她自己看着办。

等真的接到了顾湘和顾湘的男朋友李逾，她心里就有底了，顾湘长得跟个雪人一样，唇红齿白，肌肤吹弹得破，李逾也是仪表堂堂让人过目不忘。虽然不知道顾吉怎么想，但是她可以肯定，周允一定不会排斥顾湘的加入的。对美女，周允一向是来者不拒的。至于米小微嘛，管他呢，反正戴丝斯也不喜欢米小微，懒得考虑她的意见。

02

见到戴丝斯后，顾湘问的第一句话就是：顾吉是不是也在黄山，到了酒店可以见到顾吉吧?

戴丝斯愣了一下，反问道：“你和顾吉是什么关系？”

没等顾湘回答，李逾先说话了：“顾吉、顾湘，看名字就知道了，他们是失散多年的兄妹，到了酒店你可得帮我拦着点，别让顾湘吓到你们的嘉宾了。”

“坏蛋，你是怕顾吉把你在我心里的地位比下去吧！”顾湘捶了李逾一记粉拳道。

“原来你们是冲顾吉来的啊。”戴丝斯心里莫名地感到一丝失落，敢情如果不是邀请了顾吉，他们这个旅行团可能撑不到第一条线路走完就得因为游客不足而解散了。

李逾想说，不是冲着顾吉，顾湘怎么可能会选择跟团旅行。现在的旅行团，不是带着人去买玉石珠宝，就是带着人去胡吃海喝，各种强制消费。就算不强制消费，所有的旅行团都是规定好的线路，准时准点集合，哪是顾湘这种散漫自在惯了的人能受得了的。

但想归想，面对着旅行团的负责人戴丝斯，李逾什么也没说。三个人很快就到了酒店，到房间安顿下来之后，从来不化妆的顾湘，破天荒地化起了妆来。

“你再这样我可是会吃醋的啊！”李逾在一旁抗议道。

“都说了你别来你别来，你偏要来，来了还要吃醋。放心，偶像是偶像，男朋友是男朋友，我分得很清楚的。”

“那偶像重要还是我重要？”

“当然是……你重要啦！”顾湘停顿了一下道。

“那，吃的重要还是偶像重要？”李逾又问。

“这个，这个我得想一想。说到吃的，我有点饿了，等会儿是先去找顾吉，还是先去吃饭呢？”

“吃饭统一是在酒店的餐厅，顾吉应该也会去的，到时候直接找领队申请跟他坐一桌不就行了。”

“那太好了！你说我涂什么颜色的口红好，我带了西柚色、珊瑚橘、豆沙粉和蓝调大红色。”

“我觉得你还是不涂好看。”

“喂喂喂，正经问你呢，不要问了跟没问一样，这可是名牌口红，我花了很多钱，花了很多时间，专门为了见偶像才买的，要不你说，站在你的角度，四选一，选哪个？”

“那就豆沙粉吧，别的颜色涂上去跟刚生吃过人一样。”

“能不能等我化完妆再说吃的，不知道我饿着呢。”

“我没说吃的啊！”

“说吃过人，不是吃吗，就不要提吃这个字！”

“遵命，女王大人。”

03

饭点儿到了，顾吉没胃口，就没去餐厅，确切地说，酒店餐厅那些东西，他完全吃不下去。他打算天黑了去街上逛逛，看有没有什么特色小吃什么的。就算没有，能买到个烤红薯也不错。

顾湘一早就去餐厅等着了，还特意找戴丝斯把他们跟嘉宾安排到了一桌。可是眼瞅着米小微来了，周允也来了，就是不见她朝思暮想魂牵梦绕的顾吉。

直到戴丝斯去找了顾吉，得知顾吉已经出门了，顾湘才不情愿得吃起了李逾给她装地满满的一盘子锅包肉。

“吃饱了跟我一起去街上偶遇顾吉去？”顾湘拿手肘撞了一下李逾道。

“我觉得还是早点睡吧，明天还得去爬黄山呢！”

“不偶遇偶像，我怕我睡不着，再说了，吃饱了散散步，有助于消化和减肥嘛！”

“我怕在街上看到好吃的了，你忍不住又要吃！”

“你这是嫌弃我了？”

“哪儿敢，哪儿敢。”

看着新来的一对小情侣低声拌嘴，米小微有点心塞，她觉得一夜激情之后，顾吉好像有意无意地在躲着她，好像生怕她黏上他一样。顾吉冷漠的态度，让她觉得还是周允可靠一些，任凭她移情别恋，依旧对她痴心不改。如果不是心中有宏图大志，米小微还真想像眼前的小情侣一样，和周允认真地谈谈恋爱。

戴丝斯给周允和米小微介绍了李逾和顾湘，同时也跟顾湘和李逾介绍了周允和米小微，周允问了顾湘几个简单的问题，类似来自哪里，最喜欢哪里，为什么会参加旅行团之类的，都被李逾回答了。李逾虽然涉世不深，但还是一眼就看出了周允在男女关系上不是什么好人。

吃完饭，顾湘刚拉着李逾走到酒店门口，就看到了边走边吃烤红薯的顾吉，顾吉向来不觉得自己是名人，也从来不在意公众形象，烤红薯汁多味甜，他就吃得大口点，不够甜他也会小口小口慢慢吃。被顾湘拦下之后，他还是没有停下吃烤红薯的举动。

“老大，你还记得我吗？我是你的脑残粉顾湘！”顾湘激动地想要去拉顾吉的衣服，被李逾按住了。

“顾湘？”顾吉想不起来这个名字了，但是看模样，这个叫顾湘的还是蛮美味可口的。

“我们私信聊天过的。你对我说，人生是没有意义的，但我们还是要在没有意义的人生中寻找意义。你寻找的意义跟我一样，都是吃，你不记得了？”

“对这句话我有点印象，我对蛮多人说过这句话的。不过这不重要啦，你怎么会在这里？”

“你不是在微博说你参加了旅行团嘛，我就也报名参加了，这个是我男朋友，李逾。他也是你的粉丝。”

“顾大哥好，我是李逾，顾湘的男朋友，我们经常看你的美食专栏。”李逾嘴上客气着，心里却在想，要不是怕你被无良偶像洗脑，我才不会关注一个美食博主。

“你们也参团了啊，那以后可以经常见面了。你们吃烤红薯吗，我多买了一个。”说着顾吉就把手上来不及吃的那个烤红薯递给了顾湘。

“太感谢了，我正饿着。”顾湘高兴地接过烤红薯后冲李逾眨了眨眼，言下之意是想说，我偶像还不错吧，第一次见面就给我买了好吃的。

“那你们慢慢玩，我先回房间了。”说着顾吉就闪了。

“明天一起爬黄山！”顾湘挥着手，心情依旧是激动的。

04

第二天一早，顾吉打开门，就看到了已经在门口等了一个多小时的顾湘以及她的男朋友。顾湘手里还拎着一大盒湖南特产臭豆腐干和腊肉干，是一路从湖南带过来，专门给顾吉的。

对于女朋友的狂热，李逾虽然醋意满满，却也没有阻止，毕竟男人最重要的品质是宽容，如果这点宽容心都没有，以后结婚了也不会幸福，李逾看得还是很长远的。在李逾看来，人年轻的时候，都难免狂热地痴迷一些人和事，过了那个年岁就好了。

顾湘对美食和美食达人的狂热，就像李逾对诗词和象棋的狂热一样，迄今为止，李逾已经背了两千多首唐诗、三百多首宋词。有空的时候，他最喜欢拉着顾湘玩飞花令，或者下象棋，而顾湘每次都很认真地陪伴他，从来没有限制过他的爱好。从这一点上来说，李逾觉得他们两个是志同道合的好伴侣。

顾吉接过土特产，放在房间里，然后笑着跟他们两个去餐厅吃早饭。餐厅里还有米小微和周允以及戴丝斯，几个人围在一起吃饭的时候，周允调侃道："这下再也不怕打麻将三缺一了。"

本是随口一说，没想到李逾一点也不给面子，当即反驳道："我们俩都不会打麻将，下象棋倒是可以，你们喜欢下象棋吗？"

"不喜欢。"周允没好气地回应道。

"我还可以，有空可以切磋下。"顾吉连忙帮腔，倒不是因为顾湘是他的粉丝，主要是年少的时候，他也是个棋痴，得空就喜欢找人切磋，后来之所以淡了这个爱好，主要是随着棋艺的不断提高，找不到对手了。

“那太好了，我带了象棋，等爬完山，我们在山上下吧！”

“我们还要打麻将呢，本指望你们来了能多个腿，结果不但没多，还要拉走顾吉让我们三缺一啊？”米小微也不乐意了，她本身对这些毫无名气和来头的普通游客就没有兴趣。如果不是周允和顾吉都没意见，她是不愿意跟这顾湘和李逾凑一队的。

“不会的不会的，顾大哥肯定是陪你们玩，你们不玩的时候我们再找他。”顾湘生怕被赶出这个小团体，连忙服软道。

虽然没有吵起来，但尴尬的气氛并没有得到缓解，几个人都不说话，低头吃起了饭菜。戴丝斯从头到尾没说一句话，心里却止不住地想，把顾湘和李逾安排过来是对的，起码可以气气米小微。

黄山不算高，但米小微和周允还是打算坐索道，戴丝斯见顾吉有李逾和顾湘陪着，就让同事也帮她买了索道票。

黄山前后山都可以徒步上去，后山相对前山平缓一点，但距离也长一些，顾吉打算先爬前山，从后山返回。戴丝斯等人打算从后山的云谷寺坐索道上去，从前山的慈云阁返回，于是一行人就在汤口的换乘中心分了手。

从屯溪老街的酒店，坐汽车到汤口的换乘中心需要一个小时，从换乘中心坐汽车到慈光阁或者云谷寺的索道门票售票处都需要20分钟。也不知道是从天目山到屯溪，从屯溪到黄山风景区一路上坐太久了，还是这几日连续爬了几座山运动量有点大，顾吉刚从换乘中心的车上下来，就感到双腿不听使唤了。顾湘和李逾随着人流从车上下来，才发现顾吉脸色异常。

“怎么不走了？”李逾问道。

“腿脚突然不听使唤了，抬不动，又痛又麻的，我停下了休息一会儿，你们先走吧。我一会儿追你们。”顾吉站了一会儿之后仍旧觉得不舒服，干脆坐在了地上。

“那哪儿行，我们不会丢下你的。你是不是腰椎有问题？压迫了神经？”顾湘问道。

“你还懂医术？”顾吉反问。

“我爷爷是老中医。我小时候跟他一起待过几年，略懂皮毛。”顾湘神情依旧紧张。

“我颈椎腰椎都有问题，伏案写作，开车久了，都会痛，往常只是颈椎痛和腰痛，这是第一次两条腿和双脚都麻了的。”

“那今天就别爬山了。我们抬你去医院吧！”李逾建议道。

“那怎么好意思，你们爬你们的，我休息休息就好了。好不容易来一趟，不能浪费了。你们今天不爬，明天旅行团就去别的地方了。”

“我是冲你来的，你都这样了，我怎么有心情爬山，你别说话了，我们这就抬你下去。”说着顾湘就环抱住了顾吉的腋下，把顾吉的双腿留给了李逾。能这样占偶像的便宜，顾湘心里美滋滋的，力气也大了几分。

“不用不用，扶着我就行。”顾吉推辞不过，就扶着李逾和顾湘，在两个人的搀扶下，上了去医院的车。

见了医生，做了核磁共振，最后得出结论是脊椎和颈椎都蜕变了，该有的生理弯曲没有了，还有骨质增生和椎间盘突出，需要立刻做手术和理疗。

说是手术，其实只是小针刀，打一些臭氧进去而已。手术很快，半个小时就完成了，只是理疗麻烦点，需要一周时间，每天半个小时电疗，半个小时按摩，半个小时针炙。

顾吉受不了艾草的味道，但为了治病也只能忍了。每天针炙的时候，理疗室就像一个妖洞，全是烟雾。好在理疗的效果不错，症状每天都在减轻。

得知顾吉住院，米小微和戴斯丝没怎么玩就下山了，下山后直奔医院，了解了病情，询问了医生后，戴斯丝无奈地给公司打了电话。公司的指示是，旅行团不能因为任何一个人而耽搁七天，必须继续进行，不然那些退休的老大爷老大妈肯定要退费，时间就是金钱，顾吉的医药费公司可以承担，但是继续等着顾吉是不可能了，只能等顾吉病好了让顾吉追上去。

公司这样的态度，也是顾吉预料中的，毕竟这事是意外状况，怪不得任何人，要怪也只能怪他自己身体不争气。他

预料不到的是，顾湘和李逾居然打算退了费陪他。顾湘脑袋发热容易冲动也就罢了，她男朋友也跟着发热，就让人无奈了。

在顾吉养病的日子里，李逾天天陪着他下象棋，两个人因为一个女生而相识，最后搞得两个人的关系比跟顾湘还亲。

05

“你们怎么打算？跟着旅行团继续走下去，还是回到故乡，继续往日的生活？”疗程结束后，恢复健康的顾吉问顾湘。

“当然要继续走下去，说实话，这趟出来，除了因为偶像你在这个旅行团之外，还有一个原因就是我还蛮信末日传说的，眼看都世界末日的，祖国的大好河山我还没看过，不继续走下去，我是寝食难安的。”

“你呢，你怎么想？”顾吉把目光投向李逾。

“我和顾湘想的差不多，我觉得起码要走到十二月份吧，到时候真世界末日了，就一了百了，如果末日预言落空，就继续往日的生活呗。”

“是啊，反正就等于给自己放了几个月的长假而已。现在虽然脱团了，我们给自己放的假还长着呢，要是偶像不介意的话，我们三个人一路继续走下去？不跟团的话，我们还更自由一些，想去哪儿去哪儿！”顾湘对接下来的生活充满了期待。

“我倒是很乐意跟你们俩一起走下去，只是下一站去哪儿呢，继续按照旅行团的线路追上他们，还是我们自己规划？”

“我想去云南，一直都想去的，要不我们爬完黄山就一起去云南吧？”顾湘兴奋地望着顾吉。

“你呢？”顾吉再次看向李逾。

“别看我，我没意见，我都听顾湘的。”李逾老老实实地回答道。

“那好，就去云南！我也一直想去抚仙湖看看的。不过去之前，我得先跟旅行团解约。然后我们可以顺便去下附近的庐山、鄱阳湖之类的地方。”

几个人商议妥当之后，并没有立刻去爬黄山，而是先在屯溪老街逛了逛，之前到得匆忙，又是晚上，并没有好好逛这条百年老街。

街上卖茶叶的多，卖烧饼的也不少，黄山的烧饼比其他地方的小了很多，只有茶杯的杯口大小，味道很是不错。还有一种小吃叫芡实糕，有多种口味，也比别的地方的绿豆糕或者桂花糕要好吃很多。

他们边吃边逛，逛完屯溪老街之后，又去沿河逛了逛，河上有个老大桥，据说是明朝时期修建的，非常漂亮。老大桥旁边还有一座桥，夜里桥上的灯全亮了，远远看去，像是在古代。

到了河边之后，他们又看到了黎阳老街的指示牌，于是就去了一河之隔的黎阳老街，比起屯溪老街来说，黎阳老街卖茶叶和小吃的少了，但是更适合年轻人逛一些，有几家不错的饭店，还有不少古老的徽式建筑。因为考虑到顾吉的身体，他们也不敢乱吃什么，只在一家粥店，点了两碗野菜馄

饨，一碗山楂粥，两份双色窝窝头。没想到吃完，竟比在酒店吃的还要好吃。

逛完黎阳老街之后，顾吉想立刻去爬黄山，被顾湘拦住了，顾湘说，你身体初愈，还是别太折腾。要爬山，可以先爬爬屯溪老街旁边的小华山。

小华山在戴震公园里面，虽然不高，却是顾吉爬的最爽的一座山。爬的时候顾吉甚至想在这里安家了，家附近有这么一个公园，人估计都能多活几年。公园里植被非常丰富，称得上是天然氧吧。小华山又不高，比长沙的岳麓山还矮小，堪比上海的佘山，每天都可以爬。

爬完小华山，禁不住顾吉的催促，几个人还是去了黄山风景区，当晚就住在了换乘中心所在的汤口镇。本来顾湘想住在山上光明顶的酒店，方便看日出，但是到的时候已经是下午了，他们带着不少行李，司机建议他们住在山下，先去看看翡翠谷和九龙瀑。

翡翠谷又名情人谷，一开始顾吉等人并不知道这个地方，司机推荐后，他们也没有太感兴趣。但真的到了翡翠谷，他们才发现，黄山最美的地方，应该就是这里了。

电影《卧虎藏龙》曾经在翡翠谷取景，山谷里全是翡翠色的池潭，一路上还有卖一种味道很美的小吃，叫乌糍饭，他们边吃边逛。在翡翠谷逛了两个小时后，又去了九龙瀑，九龙瀑前面的小瀑布都不值一提，直到最后一个，才有种“飞流直下三千尺，疑是银河落九天”的壮观感，沿途也有猴子，但没有张家界那么多。

逛完翡翠谷和九龙瀑，他们回了汤口的酒店，晚上想尝尝当地特色臭桂鱼和毛豆腐，结果发现并不对胃口，主要是太咸了，可能是用盐腌制过的。不光是鱼和豆腐不好吃，竹笋也没有天目山的竹笋鲜嫩可口。虽然这里生长的竹子并不比天目山少。

黄山有七十二峰，但是大多数风景都重复了，真正值得一去的，只有光明顶、迎客松、天都峰几个景点。比起别的山来说，黄山的山光滑了许多，有些地方神似桂林的山，有些地方又像张家界的山那样险峻陡峭。所以勉强也可以算是占了大多数山之形态。不过真正让黄山不同于其他山的，应该是山上数不胜数的松树，多数松树都从悬崖峭壁中长出，让人想起古时候那些采药人。

爬完黄山，他们就去了合肥，从合肥坐飞机去昆明，在合肥他们倒是吃到了安徽的一些美味，比如篙子饼和土鸡汤。在合肥流连的几日里，顾吉和网站办好了解约事宜，顾湘也通过顾吉的关系，成功退掉了之前交的旅行费。

Story
About
Us.

06

滇池汽锅鸡

01

到昆明后，三个人为了方便聊天，同时也为了节约费用，定了个家庭套间，顾吉住外间，顾湘和李逾住内间，自此开始，直到他们的长途旅行结束，三个人都是保持这样的关系。起初顾湘还不习惯，后来看到李逾和顾吉天天黏在一起下棋，如胶似漆，她也不好多说什么，毕竟两个人是因为她而相识的。

和米小微等人在一起的时候，顾吉一直收着自己的本性，像个客人一样。等到和顾湘及李逾混到了一起，他吃货的本性彻底暴露。到了昆明放好行李，就嚷着要去吃汽锅鸡。

云南最好吃也是最有名的做汽锅鸡的店，应该是醉云喃，不光昆明有很多家，大理和丽江也有分店。他们除了各种汽锅鸡之外，还有鲜奶米布等各色小吃。

到了东寺街，吃完汽锅鸡，三个人顺便逛了下近日楼，昆明市区内可以玩的地方还有翠湖，但是湖水太脏，不值得一去，几个人就没去。逛完近日楼后又去了圆通寺，在寺庙里待到傍晚，几个人就回去洗洗睡了。第二天一早，去了滇池。

日出时的滇池，美不胜收，无数海鸥在岸边等着人喂食，顾吉等人也买了干面包，喂了一个多小时，才兴尽。

逛完滇池后，李逾想去西山，顾吉想去民族村，最后石头剪刀布，顾吉赢了，李逾输得不服气。顾吉就对他说，很多情侣去了西山就分手了，不去是好的。听了这话，李逾才算宽心。

民族村入口处很多卖鲜花饼的，顾湘把各种口味的买了一遍，过去在家的时候她就经常从网上买云南的鲜花饼吃，这会儿来了当地，终于可以吃到热乎乎刚出炉的了。除了鲜花饼，还有大理鲜花奶和烤饵块等特色小吃。当然最著名的还是过桥米线，每一次吃过桥米线，顾吉和顾湘都能把碗舔得干干净净的。

三个人在昆明待了五天，除了东游西荡之外，剩下的时间不是吃就是睡。等到要离开昆明的时候，李逾还好，顾湘和顾吉都胖了不少。

就在他们要离开昆明的时候，米小微给顾吉发了微信，问他在哪里。米小微说，旅行团已经解散了，周允回家了，戴丝斯辞职了，而她，美少女米小微，想来找顾吉，再续前缘。

才不过分开半个月时间，旅行团就解散了，回忆起来，恍若隔世。虽然一起待了一段时间，说实话，顾吉跟他们都不熟，也没啥好感。尽管和米小微有了十分亲密的接触，可是顾吉很清楚，米小微对他的态度，不是无缘无故的。

一开始初见面，顾吉能感觉到，米小微对他的态度是疏离的，甚至有些看不上。直到听戴丝斯介绍说顾吉年收入过百万，直到加了顾吉的微博后发现顾吉微博粉丝是周允粉丝的十倍，米小微的态度这才好起来。

所以如果说顾吉一无所有，米小微可能理都不会理他。对于这样的人，顾吉虽谈不上厌烦，却也从不打算长久交往。因为大家都在旅行团，不得不相处时他还会客客气气的，如今各奔东西了，他心中没有一丝一毫的留恋不舍。

02

从昆明到大理，有种一人软包的车厢，一个人买票后，可以带两个人上车。车上不仅仅有一张大床，还有一张小床，非常适合三个人旅行。据说这种车票和车厢，只有昆明到丽江这段路上才有。

在车上李逾依旧缠着顾吉下棋，倒是把顾湘晾在一边只能看书。车厢里也有一些赠送的书，讲的都是关于在丽江和大理寻找艳遇的。

其实这种噱头和卖点，对于景区来说，是很烂俗的。大理和丽江真正美的是自然风景，是苍山洱海，是古城和雪山。人，不管艳丽不艳丽，都是少一些为好。

他们打算在大理玩十天，前三天，都住在古城里，到酒吧听听歌，去苍山跑跑步。山下还修建了天龙八部影视城，影视城旁边还有三塔寺。

三塔寺里最美的所在倒不是三塔倒影，而是无数的鸽子和小松鼠。在古城周边玩了三天后，三个人就去了洱海边，先是住在双廊，看日落苍山，逛南诏风情岛，吃洱海的烤鱼。后来为了看日出，又住到了海舌公园旁边。

沿着公园走，可以走到环海路，在环海路上骑着自行车，三个人你追我赶，日子过得爽快又惬意。洱海边还有个天龙山，从天龙山坐索道下来，俯瞰洱海，会有种沧海桑田的感觉。

云南三大湖，滇池、洱海、抚仙湖，逛完洱海，三个人自然而然地就想凑个圆满，把抚仙湖也逛了。但是抚仙湖在玉溪，从大理去玉溪不太方便，加上顾湘很想去丽江，于是三个人就去了丽江。

大理到丽江的铁路和高速公路都很发达，不过比起公共交通，坐私家车其实更方便一些。很多丽江的学生选择在大理读书，一到周六或者节假日，就会有父母开车到大理来接送孩子。如果能够搭乘他们的返程车，很快就能抵达丽江，沿途的风景也不会错过。

顾吉过去曾经搭过一次，这一次因为是三个人，他就选择了乘坐公共交通，到了丽江后，依旧是住在古城里。

古城的清晨是很美的，还有木府里那些鲜艳的花儿，从木府后面的小山上俯瞰整个古城，是一件很开阔心胸的事情，近处是古城，远处是雪山，最棒的是那蓝天白云，干净得让人心疼。

古城一天就可以逛完，丽江好玩的地方不像大理那样集中，去茶马古道要包车，去拉市海要包车，去泸沽湖的话，更是要当天住在那里才能玩尽兴。他们在丽江玩了四天。骑马走了茶马古道，坐船逛了湿地，然后就去了香格里拉。

从丽江到香格里拉，车像是开在云彩里，从车窗外看外面，是万丈悬崖，一路上顾吉都很担心司机师傅的驾驶技术。这简直不像是开船，像是开着腾云驾雾的飞行器。

到了香格里拉后，在藏族司机的带领下，他们坐索道，上了海拔4449米高的石卡雪山。顾吉一向是拒绝坐索道的，但是这山实在太高，而且雪山爬起来难度是三山五岳的无数倍，为了多活几天，多吃点美味，他毫不犹豫地买了索道票，还很听话地花三十块钱租了件大衣抵抗山顶的寒冷。

在丽江的时候气温还有三十多度，到了石卡雪山山顶，只剩下零度，即便穿着大衣，还是感到很冷。虽然顾吉没有高原反应，但周围的老人们都在吸氧。毕竟是海拔四千多米的地方，可以算是顾吉到过的最高的山了。石卡雪山和丽江

的梅里雪山一样，是神山，从山上看远处的山，看久了会觉得心中一片澄澈。看远处的湖，只是一个又一个小小的、巴掌大的圆点。

香格里拉的很多食材都是来自大理，三个人里两个都是吃货，一旦发现没有什么好吃的，他们就有了退意，在香格里拉待到第三天，逛了几个寺庙之后，顾吉实在忍不住了，就包了辆越野车，从香格里拉直奔玉溪。

从香格里拉到玉溪，开车要十五个小时，从香格里拉到拉萨，也不过二十多小时。一开始顾湘是有点想去拉萨的，但顾吉说，你去了拉萨又会想去西宁，去了西宁又会想去敦煌，去了敦煌又会想去吐鲁番和乌鲁木齐，不能云南省内想去的地方还没逛完，就去云南省外了。这地方虽然美，但也要节制。

03

在顾吉的坚持下，三个人到了玉溪。在去玉溪的路上，顾吉发现了非常多的四川人。在黄山的时候，他耳边就一直萦绕着四川口音。等到了玉溪，本地的司机果然开始吐槽，说整个抚仙湖都被四川人承包了，一眼望去，都是川A的牌照。

顾吉想，可能是四川人的消费观念和大多数地方都不同吧。中国人都喜欢存钱，唯独四川人，赚一个想花两个。顾吉虽然不是四川人，却和四川人的消费观念一致。钱财这东西生不带来死不带去，有就花呗，存着干吗，存着只会贬值。

玉溪很小，只有两个区，一个是抚仙湖所在的区，一个就是经济文化的中心红塔区。提到红塔区，大家就会想到红塔山，想到玉溪香烟。不过顾吉不抽烟，他更感兴趣的东西都在抚仙湖。因为据说那里是古滇国的文化中心，考古工作者也在那里发现了不少青铜器。

所以到玉溪后他们只在红塔区住了一天，去小庙街附近的食度小吃吃了红酒冻、桂花饼和捞菜，食度的饮料也不错，不过捞菜更像是四川的冒菜。提到冒菜，就会想起那句，火锅是一群人的冒菜，冒菜是一个人的火锅。

他们三个人吃，点了一大桌子，吃到撑，只花了一百块钱。由此可见，玉溪的物美价廉。玉溪另外值得一吃的就是水果了，云南靠近热带，水果都还不错，尤其是玉溪的小菠萝，只有小孩的拳头大小，甜得跟蜜一样。离开玉溪后，顾吉再也没有在别的地方见过那种小菠萝，反倒是张家界的红心猕猴桃，后面在很多城市都看到了。

去抚仙湖的路上，就听说抚仙湖附近的铜锅鱼和铜锅饭好吃，到了之后发现果然名不虚传。他们三个人，一个小铜锅足矣，有的游客一行十余人，也是一个锅就够了，那是那锅大得像个铜鼎。

相比之下，铜锅饭更好吃，土豆被烧得焦黄，饭粒也颗颗透亮分明。铜锅鱼则更像是四川的豆花饭的吃法，需要蘸辣椒吃，不太对顾吉的口味。

吃完饭，顾湘想去湖里踩船玩，李逾觉得危险，被顾湘好一顿嘲笑。顾吉也觉得危险，但碍于面子，就没说什么。他不说话，顾湘就当他同意了，自作主张地买了踩踏船的票。几个人上了船刚踩一会儿，就起风了。风力远远大过他们踩踏的力量，如果不是有救援队，他们不知道会被吹到哪里，不知道会不会被吹翻到水里。

被救起后，顾湘还想坐别的船去玩，顾吉就讲故事吓她。抚仙湖有很多怪异的故事，这里水深超过150米，传说在古代有一座城市被整个埋在了水下。飞机飞过抚仙湖的上空就容易迷失方向，于是这里成了军事禁飞区。还有一次据说有个人掉进了水里，打捞队捞了很久没捞上来，最后好不容易捞起来了，却发现被捞起是好多年前掉下去的人。总之在网上一搜，可以看到很多关于抚仙湖的吓人的故事。

但是站在湖边，看着深不见底的湖水，还是有种看到琉璃万顷的感觉，再想想李健唱的抚仙湖的歌，那种感觉，虽然没有在滇池和洱海的时候惬意，却又有种别样的壮阔感。你会发现，水是美丽的，水也是危险的。

玉溪也有卖小烧饼，味道和黄山的大同小异，但没有黄山的烧饼店那么密集。可能就像玉溪的出租车司机说的那样，玉溪是云南省内最不激进的城市，玉溪非常包容，他们很多小吃都来自祖国的大江南北。

玉溪周边还有梯田可以看，据说是世界上最壮观的梯田，虽然没有哈尼梯田那样申请世界文化遗产，但美丽程度不亚于哈尼梯田或者龙脊梯田。除了梯田，还有褚时健的褚橙在玉溪也很出名，不过这个橙子顾吉和顾湘以前都吃过了，所以也就没有专门去买来吃。

离开抚仙湖后，他们三个又回到了红塔区，在红塔区住了几天，逛了逛聂耳公园，又吃了几顿小庙街的美食，才依依不舍地离开。逛了那么多地方，玉溪是顾吉最喜欢的，简直超过了大理，成了顾吉老了之后想要隐居的首选之地。

云南通火车的地方很少，本来除了玉溪，顾吉还想去西双版纳的，但是坐汽车太累了，最后他们就选择了通了火车的河口。

但是到了河口他们才发现，作为一个边境小县城，这里除了可以看到无数的越南人之外，并没有其他什么值得一看的美景。出境倒是挺方便，只需要六百块他们就可以去越南逛一圈，但是三个人都没舍得花这六百块，因为他们知道，所谓的去逛一圈，仅仅是过了边境河，在越南非常普通的城镇逛逛，根本到不了核心景点，如果真要去好看的地方，估计又要坐很久的汽车，他们三个都坐汽车坐怕了。

不过河口之行并不算是白去的，河口的米线，味道不输过桥米线，只是河口的米线店太少了。卖菠萝蜜的倒是挺多，而且这里的菠萝蜜，要比内地的好吃太多，不仅好吃，还很便宜。冲着菠萝蜜，顾吉觉得这趟河口也不算是白来。

Story
About
Us.

07

金陵老鸭汤

01

没有了旅行团，三个人在获取自由的同时，失去了一个主要的方向。过去只要钱一交，跟着旅行团走就行了，一切都有旅行团安排。如今没了旅行团，就只能靠自己规划了。

在这个三人小团体里，顾吉无疑是老大，李逾一切都听顾湘的，顾湘一切都听顾吉的，这种无条件的信任，同时也是一种压力。顾吉生怕自己路线安排不好，酒店饭店订不好，会让顾湘和李逾失望。如果不是要考虑这两个人，顾吉是不怕坐长途汽车的，他一定会去西双版纳。

有了这两个人，他就要考虑交通工具的舒适性，思来想去，他决定先去东极岛看看。东极岛在舟山，去舟山有两条路，一条是从宁波坐汽车，还有一条是从上海坐船。

昆明到上海的航班很多，顾吉就订了去上海的机票，三个人离开玉溪后直奔昆明，到了昆明后直奔机场，可以说是马不停蹄地到了上海。

到上海后，还没等顾吉安顿下来，就接到了一个莫名其妙的电话。电话是戴丝斯打来的，戴丝斯说她辞职了，但是公司还是委托她向顾吉索赔。

说因为顾吉的原因，导致旅行团后期无人加入，是顾吉的伤病，加速了旅行团的解散，说顾吉不该在签约前隐瞒自己身体不好的事实，顾吉要为此承担责任。

顾吉心中一万头草泥马奔腾而过，他心说，你们旅行团一分钱不付给我，白让我给你们在微博打广告也就算了，还让我们每到一站都写美食攻略，分分秒秒都不忘了压榨我们。后来是你们抛弃了我，继续你们的旅行计划。你们旅行安排不够周密，导致项目失败，却要让你们邀请的嘉宾来承担责任。这不是猪八戒倒打一耙吗？这世界上还有没有天理了。

戴丝斯见顾吉长久的沉默，以为顾吉生气了，连忙安慰道："这个公司确实不靠谱，这和电视台请了嘉宾录节目，收视率不好把责任推到嘉宾头上有什么区别？这和电视剧拍得太烂，却骂演员有什么区别？明明是导演和编剧的问题。"

顾吉知道戴丝斯既然打了这个电话，一定不是站在他这边的，想来想去，他还是直接问了："网站方面到底是什么意思？请我的时候百般恳求，现在用不上了，就想压榨一下是吗？"

"其实网站也有网站的苦衷，从道德的层面来说，他们确实不道德，但是从法律的角度来说，他们其实是占理的。"戴

丝斯杀人不见血地说道，看似是在帮顾吉，其实只是想早点摆脱这件事，顺便从公司拿点钱。

“占理？”

“问题主要是出在你和公司签的协议上，那上面有些条款是有问题的，你没仔细看就签了。你一签，公司就可以以此为依据向你索赔了。”

“我们后来不是签了解约协议吗？”

“解约协议是签了，但是解约协议上面的坑更多。你记不记得在你签的协议里，其中有一条是，由你提出的解约，公司方面有权利索赔。由公司提出的解约，你无权提出索赔。所以现在的情况就是你主动提出的解约，公司可以找你索赔。而米小微和周允是后来公司提出的解约，所以公司无法找他们索赔。如果你再撑一撑，撑过半个月，公司主动找你解约，你就可以像米小微和周允一样，不用赔钱了。”

“我当时又不是假病，你也看到了，是医生说我需要卧床休息一周的，也是你请示了网站，他们说要丢下我继续前行的。”

“是啊，我知道，所以我说网站方面是不道德的，但是法庭上，法官肯定会更倾向于遵守协议约定，所以我觉得，出了这个事，以后你签什么协议，真得找个律师看下了。”

“那么说这个钱我还真得赔了？”

“我觉得估计公司是不会善罢甘休了，他们现在非常缺钱，要不然也不会这么不择手段不顾行业口碑了。”

“需要赔多少？”

“估计至少得两百万吧。”

“你没开玩笑吧，我参加的活动，回馈的东西最多价值十万，现在让我赔两百万？”

“公司觉得，是你的缺席导致项目失败，公司核算了项目损失，高达数千万，让你赔两百万已经是我再三跟公司求情了。你不知道，现在很多合作商在找公司索赔呢，张口就是千万千万的要。”

“我现在卡上流动资金只有七十万。”

“如果是这样的话，那就只有请律师跟他们打官司了。如果打赢了，你一分钱也不用付。只是请律师需要钱，打官司太耗费时间了。”

“你有什么解决办法吗？”

“我觉得你要是信得过我，给我五十万，我来帮你解决这

个事情，我帮你找律师，做你的委托人帮你打官司，反正我已经辞职和公司没关系了，我也看不惯他们这样欺负人。”

“OK，你确定五十万就可以解决问题？”

“绰绰有余，花不完的我到时候还会退给你，而且说不定赢了之后公司还要赔钱给你。”

“那好，你发卡号给我，我这两天就转账给你。”

“别这两天啊，你马上给我转账吧，这个事拖不得，我们要赶快找到靠谱的律师。”

02

顾吉挂完电话就给戴丝斯转了钱过去，戴丝斯刚收到钱的时候，还是蛮好的，天天管顾吉叫顾爷，后来可能是钱花得差不多了，就开始管顾吉叫顾哥。后来钱花完了，让顾吉再打钱过去，顾吉没有按时打，戴丝斯就翻脸了。

“我在给你办事，你怎么这么不积极呢？”

“你是在给我办事，可我给你钱了啊，现在钱花完了，事情也没办好。”

“事情没办好不怪我，你知道的，我们这个行业有个规矩，事情成不成，关键看你带什么手机。手机太破，基本上谈不成事情。我要是早点换个手机，这事儿早就解决了。”

“那你就换个手机呗。”

“我没钱。你先帮我买个吧，我最近看中了一款新出的，只要八千块……”

戴丝斯说了一大堆，顾吉都没听进去，他明白，戴丝斯就是想要钱而已。顾吉这时候真是后悔参加了这个狗屁旅行团，他觉得一切都是旅行团的错误。他丝毫没有意识到，随便就跟人签协议，随便就相信别人的他，本身也是有问题的。尤其是戴丝斯这样的人，怎么可以轻易就相信呢。也许戴丝斯根本就没有去找律师帮他办事，也许一开始公司委托戴丝斯索赔本就是她编的谎言。

“手机我没法给你买，公司要起诉就起诉吧。我也没有更多的钱处理这个事情了。”顾吉说这话的时候，已经是很久以后了。那时候的他真的没钱了，那时候的他已经和顾湘以及李逾走遍了全国。他说了这句话后，戴丝斯再也没有找过他，公司也再也没找过他，这件事就此变成了悬案，顾吉不知道到底是公司在坑他，还是戴丝斯在坑他，反正他是花了五十万，还受了一堆气。他只知道，戴丝斯的妈妈后来生了很严重的病，戴丝斯拿到的五十万，应该全是花在了治病上。当然，这都是后话。

“你怎么这么小气，买个手机而已嘛，我帮了你这么大忙，你感谢我一下不是应该的吗。”尽管被明确拒绝了，戴丝斯还是不死心。世界上就是有这么一类人。他们时而扮演狼，时而扮演羊。对待比他们凶狠的人的时候，他们选择做羊。对待没有他们凶狠的人的时候，他们选择做狼。

“换做你是我，恐怕你还没有我大方。我给你五十万，本身就包括了你的酬劳。”顾吉说完这句话，便不再回戴丝斯的消息。他很清楚，和这类人纠缠，吃亏的永远是自己。

且说给戴丝斯打完五十万后，顾吉很坦诚地跟顾湘说了他的经济状况和遇到的问题，顾湘也透露了她和李逾的经济状况，三个人的积蓄加起来，只有三十万块钱。仅靠这点钱，是支撑不了他们三个走到十二月的。

顾吉想好了，接下来他们不仅仅要省吃俭用，他还要接点微博广告和美食专栏的活，必须得开工了，不赚钱，就只能坐吃山空。

这件事也让顾吉明白了，天上不会掉馅饼，每次天上掉馅饼的时候，都不能高兴得太早，要擦亮眼睛，看看馅饼里有没有藏着毒药。同时也要明白，任何主动找上门的合作，都是冲着你还有点利用价值才来的，没有白白帮你的道理。任何合作，哪怕是朋友，都要提前想好，如果合作失败，如果发生意外，谁来承担这个责任。

顾吉一开始只靠一条微博的未关注人私信，就相信了末日旅行团的存在。只靠十几天的相处，就相信了戴丝斯这个人，本身这就是非常错误非常盲目的。等于光着身子在冰天雪地里跑，不被冻伤才怪。想要不被冻伤，只能在签约的时候留点心眼，多给自己穿几件保暖衣。

03

因为戴丝斯带来的变故，顾吉淡了去东极岛的心，主要也是坐车又坐船，转来转去很不方便，而且刚好遇到旺季，东极岛每天限制登岛人数，他们根本买不到票。

最后就近就在上海逛了，上海可以逛的地方还是蛮多的，好吃的也不少。什么小笼包、阳春面、松子桂鱼、咸豆花、糍饭糕、蟹壳黄、黄鱼春卷、生煎包等等，虽然口味偏淡，但是旅行中偶尔吃一吃，还是很别致的。而且他们到的季节，正赶上青团上市，大街小巷都是卖青团的。杏花楼和功德林这两家老字号更是一开门就排满了长龙，在上海，有人排队的地方就有黄牛，也不知道哪儿来那么多闲人，你买个点心、喝杯奶茶都有人问你要不要加价二十块不用排队买他们的。

过去顾吉只在火车站看到过黄牛，后来见电影院也有倒卖电影票赚差价的，他觉得自己算是见多识广了，结果到了上海才发现，在黄牛领域，他还是外行。真应了那句话——只要人多的地方，就有黄牛党。

不过青团的味道确实不错，甜的咸的热的凉的都好吃，为吃一口难得的美味，排排队也算是值了。

有了美食的填补，戴丝斯所带来的不开心，也就暂时性地一扫而光了。随着坏心情的消失，好消息也找上来门。

因为顾吉在微博发的照片，米小微找到了顾吉，她也在上海，马上要去南京，她想和顾吉一起，顾吉犹豫不决，就问顾湘和李逾的态度。

顾湘虽然不喜欢米小微，但是考虑到顾吉也是成年人，这段时间以来一直看她和李逾亲热，一定闷了，如今有美女送上门来，如果不让顾吉调整下状态，她担心时间久了，三个人的关系就会生出间隙。她的担心也不无道理，每次李逾找顾吉下棋，他们俩都待在房间里一天不出来，顾湘快无聊死了，有米小微加入的话，起码四个人可以打打牌。而且米小微也说了，她只有这段时间有空，很快就得回到日常生活中了。

米小微是开车来的上海，也打算开车去南京，她叫上顾吉，除了确实喜欢顾吉之外，也想让顾吉帮她开开车。一个人开车太累了。

去南京之前，顾吉建议米小微载他们在上海周边先逛逛，米小微答应了。他们先是就近去了七宝古镇，吃了糖藕，吃了和黄山卖的差不多的乌糍饭，逛了几个寺庙，然后又去了佘山。

佘山是上海市区内最高的山，虽然只有一百米，一口气就可以爬到山顶，但在上海这样靠滩涂湿地形成的城市里，能挤压出一座山来，实属不易。佘山顶上有一座教堂，是外国人修建的，非常漂亮，山下还有一座塔，据说也有几百年的历史了。但毕竟是座小山，山下除了有卖味道不错的豆腐干和肉粽子之外，美食方面就再无别的值得推荐的了。

因为去过太多的山了，佘山带给顾吉等人的收获，还不如上海的自然博物馆，从这里不但能够了解各种动物植物，还能了解到中国地貌的形成。也是在这里，顾吉才发现过去的中国地貌和现在相反，过去是东高西低的，后来地壳运动，不断挤压，才挤压出了西方的珠穆朗玛峰。而且到现在，珠穆朗玛峰还在以每年一厘米的速度长高着。

离开佘山和上海自然博物馆后，他们去了崇明岛，在中国五大岛里，崇明岛排在第三位，仅次于台湾岛和海南岛，虽然名气不如排在他后面的舟山岛大，但还是要比排在末尾的福建的海坛岛值得一去的。

崇明岛包括了长兴岛和横沙岛，已经通了江底隧道，所以开车就可以过去，岛上有一种美味叫崇明糕，非常值得一吃。从繁华的上海到原始的崇明，你很难相信你所在的地方竟然也是上海的一部分。对于顾吉这种喜欢猎奇的人来说，崇明岛要比外滩更值得一去。

离开崇明岛后，他们顺便去了小洋山，难得这种岛屿都可以开车过去，而且这里不像东极岛那么多人。小洋山最值得一去的是大字头山景区。寿比南山在山东青州的云门山，福如东海就在这里。

离开小洋山后，他们又开始马不停蹄地赶往南京，其实要不是米小微时间紧，顾吉还想在上海逛逛，比如鲁迅、徐志摩等人住过的延安中路，比如有无数别致小店的巨鹿路，还有以梧桐树和酒吧出门的衡山路，等等。

临走之前，顾吉带着众人去了一趟东方明珠，那里有个空中旋转餐厅，虽然不是最好吃的，但却是亚洲迄今为止最高的旋转餐厅。上海的延安西路也有一家餐厅，叫谭氏官府菜，这家算是上海老餐厅里最棒的一家了，清朝就有了，周总理点名保护下来的官府菜，里面的鱼翅做得非常棒，顾吉去吃过一次，本想带顾湘再去一次，因为米小微催着去南京，就没去成。

到了南京，几个人就住在夫子庙附近，方便晚上去逛秦淮河。到了秦淮河，免不得会想起秦淮八艳，尤其是柳如是、陈圆圆、李香君和董小宛，那真是才高八斗又倾国倾城。

逛完秦淮河，晚上这一对半情侣，免不了亲热一番。说是一对半情侣，是因为顾吉和米小微的关系，双方都没有承认，只能算是半对鸳鸯。

秦淮河畔有一家书吧叫“从前慢”，里面放了不少木心的书，窗口还刻了木心的诗——记得早先少年时，大家诚诚恳恳。说一句，是一句……从前的日色变得慢，车，马，邮件都慢，一生只够爱一个人。从前的锁也好看，钥匙精美有样子。你锁了，人家就懂了。

逛完秦淮河和夫子庙，米小微还想去中山陵，顾吉不想去，就和她分了手。南京的老鸭粉丝汤很出名，顾吉就和顾湘以及李逾一起，连续吃了几个店的老鸭粉丝汤。很多年后，回忆起南京，顾吉嘴里还是能够回荡出老鸭粉丝汤的味道。他去过的很多地方，最后大都记不清了，但是那些地方的时候，都深深地融入了他的骨血里，随时随地都能回想起来。

Story
About
Us.

80

深圳椰子

01

送走米小微后，顾湘说想去看看海，顾吉也觉得，心中有事的时候，去看看海也许能开阔心胸，于是几个人就订了去深圳的票。没有旅行团的束缚，三个人算是彻底实现了说走就走的旅行。

深圳有个地方叫梅沙，分大梅沙和小梅沙，大梅沙不收门票，景致一般。小梅沙收门票，景致比厦门的鼓浪屿还要好一些。

只不过小梅沙附近的吃的太难吃了，除了椰子汁。不过热带地区都产椰子，也没什么稀奇。他们在小梅沙玩了水上滑索，很刺激，可能是顾吉玩得最刺激的一次。玩完之后，确实觉得一切烦恼都没有了，一切都爱谁谁吧，今朝有酒今朝醉，哪管明日是与非。

有风的时候，在小梅沙的礁石上，也能感到惊涛拍岸的

感觉。因为天气够好，几个人还下水游了泳，游泳的时候，看着顾湘的身材，顾吉吞了口水。而顾湘看着顾吉的身材呢，也是赞不绝口。按说李逾看到这样的情景会生气吃醋，但他丝毫没有，因为李逾看着顾吉的身体，也啧啧称奇，顾吉下水的时候，还推了李逾一把，李逾呛了口水，脸却红了。

看着脸红的李逾，顾吉莫名觉得有些尴尬起来。也许是三个人都细皮嫩肉太好看了，远远看过去，像是三个女人在游泳。

一场尴尬的泳没游多久，三个人就各怀心事地上了岸。顾湘说国贸大楼上面有一家餐厅，据说在楼顶可以俯瞰深圳全景，而且是旋转餐厅，很多领导人都去过那里。

到了之后，顾吉一眼就看中了鱼翅羹，因为碗小，他点了六碗，几个人没来得及吃别的，光是鱼翅羹就喝撑了，但撑归撑，味道确实是一级棒。深圳人就是擅长做羹汤。

深圳除了鱼翅羹，还可以吃到海南椰子鸡，鸡的味道一般，椰子却非常不错，尤其是车公庙附近的一家椰子鸡店，顾吉吃完椰子鸡后，还点了四个椰子带回酒店喝。

在深圳玩了几日后，顾湘说想回家看看，一来休整一下，二来也算是带顾吉参观参观长沙。顾吉对长沙没兴趣，一来是参团的时候就是从长沙出发的，当时虽然没有在长沙停留，但是他之前也到过几次长沙，吃过长沙的美食。二来是戴丝斯就在长沙，旅行团在长沙也设有办事处，顾吉很不想去这些不靠谱的人存在的地方，不想跟他们呼吸同一片天空的空气。

但是顾湘毕竟是女孩子，她想回去，除了休息，还想补充点衣服鞋子和化妆品。整月整月的马不停蹄地走，对于顾吉和李逾这样的男孩子倒没什么，对于女孩子来说，真是遭了老罪了。防晒霜和唇膏早就用完了，虽然在路上买的也能凑合用，但凑合久了人总是会腻烦的。为了顾湘着想，顾吉和李逾同意返回长沙，在长沙休息一段时间再上路。

02

长沙最著名的吃的就是臭豆腐了，顾湘刚见到顾吉的时候就送了他一大盒。不过那种包装好的，当然没有热乎乎刚出炉的好吃。所以到了长沙安顿下来之后，顾湘就带顾吉去了火宫殿，点了个臭豆腐火锅。

在长沙的几日里，顾吉就住在顾湘和李逾买的小房子的客厅里，名副其实地做了一回沙发客。每天早起，和所有长沙人一样，洗漱完就去嗦粉。

长沙的米粉也是长沙美食的一大特色，遇到有些好吃的粉店，其饱口福的程度，不亚于任何地方的美味小吃。不过长沙的饮食普遍偏辣，虽然顾湘变着法子带顾吉去各种不同的饭店吃，最终都改变不了顾吉对太辣的食物没兴趣这一客

观事实。哪怕是永州血鸭和老灶土鸡呢，顾吉也没有太感兴趣。离开长沙后，顾吉还能记得，还想再去吃的，只有火宫殿的糖油粑粑以及浏阳河旁边的吊锅牛肉了。

身体休息好，衣服鞋子护肤品补充完毕，几个人顺便去了下岳阳，岳阳有洞庭湖，有岳阳楼是他们早就知道的。到了之后顾吉发现，他心中第一美人小乔的墓也在岳阳楼边上。

虽然都是湘菜，岳阳的不知道为什么要比长沙的味美一些，连土生土长在湖南的顾湘也这么觉得。他们三个晚上住在洞庭湖边上，为的是第二天一大早去码头看看鱼市。

天刚亮，几个人还没吃早饭，码头上就挤满了买鱼和卖鱼的人，如果不是不好携带和烹制的话，顾吉真想买几条新鲜的大鱼来吃。

岳阳楼景区内卖的特色小玩意，在别的城市的老街都能买到，除了扇子，岳阳楼的扇子大得可以当屏风用，如果不是不方便携带，顾吉也是很想买一把的。

在岳阳只住了一天，顾吉想既然来了长沙，不能不就近去下衡山，于是他们就又坐火车回到长沙，从长沙转车去了衡山。按说长沙市境内的岳麓山也属于衡山中的一座峰，但毕竟要看衡山的美，还是得去祝融峰。

顾吉三人到衡山后先去逛了南岳大庙，虽然没有什么信仰，但这种儒道佛三教并立的寺庙毕竟不多，还是很值得一看的。

逛完南岳大庙，他们晚上直接住在了半山腰，方便第二天爬山，结果因为天气不好，第二天虽然三点就起来了，却并没有如愿看到日出。

在爬山的路上，顾吉见到了很多没有带手电筒的人，一路抹黑爬山，跌跌撞撞很是凄惨。还有一些人，不带没有带手电筒，还带了无数香火纸钱，因为山顶的寺庙很灵验，他们不远千里过来就是为了去拜祭。在他们看来，虽然山顶有香火，但自己带上去更虔诚。那种感觉，让人想起去拉萨朝拜的路，那些每走一步都会停下来五体投地拜一拜的人，有时候一生都用在了路上。

衡山没有什么小吃，他们也就没做停留，直接从衡山去了重庆，不过重庆不是目的地，目的地是峨眉山。重庆和成都都是路过，为了美食才暂时停留一下。

重庆的火锅可能是国内历史最悠久最正宗的火锅了，尤其是解放碑附近的民国风格的火锅，肉好吃倒是在其次，关键是酒好喝，各种梅子酒，喝得人飘飘然。

在重庆他们只停留了一日，然后直奔成都，成都的好吃的大都在宽窄巷子附近，著名的有小谭豆花，不管什么时候去都要排队，虽然服务差点，但里面的豆花和甜面确实是国内第一等的。

吃完小谭豆花，逛逛宽窄巷子和文殊院，逛逛杜甫草堂和锦里，逛逛武侯祠和春熙路，最后几个人又为了吃的，跑了趟半边街，半边街号称成都人的台湾夜市，好吃的确实

多，但是最好吃的，在顾吉看来，还是钵钵鸡。

钵钵鸡这个名字很奇怪，明明不是吃鸡，却让人觉得在吃鸡。就像澳门没什么豆捞，内地却都是澳门豆捞店。重庆也没有鸡公煲，新奥尔良也没有烤肉，扬州人也分不清什么是扬州炒饭，四川人也不会管冒菜叫四川麻辣烫。

言归正传，三个人吃完钵钵鸡，在红瓦寺睡了一晚，第二天一早坐车去峨眉山，在去峨眉山的路上，他们又商量好了，去完峨眉，还要再去青城山。反正都在成都周边，逛起来也不远。

03

峨眉山的温泉值得一泡，鸡丝面和叶儿粑也值得一吃，但真正让人赞叹的，应该是金顶的日出和满大街的美女。

因为四川是盆地的缘故，阳光不是很强烈，空气很湿润，导致川妹子的皮肤个个都白白嫩嫩的。就是北方糙汉子到四川生活一段时间，皮肤也会变好。

到了峨眉之后，顾吉发了微博，评论里很多去过峨眉的人告诫他，让他留心峨眉山的猴子，说曾经有人被推下山崖，说路过猴子出没区域的时候，最好别带吃的，不然猴子会抢。如果要喂猴子，最好把身上的食物全喂了，千万别喂一半留一半。

顾吉没有在意那些评论，他确实在山里见过野猴子，拽着人要吃的不肯撒手，但猴子毕竟是猴子，终究还是怕人的。

登上金顶之后，看着大片大片的云朵，看着万丈的霞光，顾吉觉得整个人像漂了起来。登山的疲惫感顿时消失了，取而代之的是无限的成就感。

登山的乐趣或者也在于此，不断地挑战和征服，只为登顶的那一刻。如果中途放弃了，或者坐索道上去，是体会不到那种付出后收获的喜悦的。在衡山，日出辜负了他们，但是在峨眉山，日出完美地回报了他们的辛苦。

顾吉甚至想化身成云朵，飘来飘去，那些云朵形状各异，有些是那么胖，但谁会嫌弃一朵云太胖呢。再胖的云，也是自由的。

下山的路上，他们偶遇了很多在山林间打麻将的人。中国最爱打麻将的人都在四川，四川最爱打麻将的人都在峨眉山。

因为心里还惦念着青城山，所以在峨眉他们也没有过多停留。青城和峨眉一样，过去他们三个都是从武侠小说中了解的。青城派和峨眉派都是大门派，都有武功绝学。尤其是峨眉山还是还珠楼主的《蜀山剑侠传》里描述的主要场景。可以说，热爱武侠的人，不能不到蜀山逛逛。

去青城山的路上会经过都江堰，但是他们三个对人为的风景都没啥兴趣，虽然据说也很壮观，但更吸引他们的则是青城山下的农家乐。

汶川大地震之后，青城山下的很多农户都做起了农家乐的生意，不仅包吃包住，有些还包导游。顾吉对这些早有耳闻，所以一到青城山，就选了在网上口碑最好的一家农家乐住下了。

在四川和湖南这两个地方，农家小吃常常比大饭店更地道。很多让人回味无穷的小菜，都出自普通妇人之手。有些甚至连菜名都没有，但味道却比很多五星大饭店都要让人叫绝。

住下的当晚，他们吃了农家小炒肉、干煸时蔬、蒜苗炒肉、水煮肉片、炒腊肠、炒莴笋、豆腐汤等等，看似普通，吃起来却是一道比一道下饭。

Story
About
Us.

09

锡林浩特烤全羊

01

在青城山农家乐吃饭的时候，顾吉听隔壁桌的游客聊到了哈图石林，说那里是国内目前空气最好的地方，登上山坡后，深呼吸一口，空气都是甜的，宛如人间仙境。

听他们这么一说，顾吉心里痒痒的。爬完青城山之后，他们就打算去内蒙古看看。青城山和峨眉山一样，山上很多寺庙，但是没有峨眉山那么大，一天就可以逛完。

因为连续爬了太多山，他们三个都有些审美疲劳了。虽然山中的树木不同，高矮不同，但毕竟都是山。山顶所见虽然辽阔，毕竟比不上草原或者沙漠。

内蒙古最出名的草原应该是呼伦贝尔大草原，但是离哈图石林比较近的却是锡林郭勒大草原，所以他们就买了去锡林浩特的机票。

去的时候正好赶上那达慕大会，赛马、摔跤、射箭等节目轮番上演，游客也可以参与其中。各种奶制品和烤肉也是琳琅满目，这样全是肉的饮食风情，让习惯了吃素菜的顾吉有点发蒙。这里几乎没有素食，不是牛肉就是羊肉，再或者就是骆驼肉，而且炒肉的时候不放任何素菜搭配，简直是爱吃肉的人的天堂。

逛完草原之后，他们去了号称内蒙古四大寺庙之一的贝子庙，顾湘还很调皮地去撞了钟。和他们在峨眉山见到的寺庙不同，锡林浩特的寺庙是少数民族风格的，非常具有异域风情。

本来顾吉还想去看草原日出的，禁不住顾湘的催促，就先去了哈图石林，当晚他们直接住在了蒙古包形状的酒店里。在酒店里可以看到远处的风车，夕阳西下的时候，晚霞中的风车美得如诗如画。

内蒙古人非常好客，一路上他们都是吃撑的状态，马奶酒也是喝了一碗又一碗。这种吃法是非常不养生的，但是内蒙古太冷了，当地人不得不把自己吃胖一些，多一些脂肪就会耐冻一些。

哈图石林周围种了很多白桦树，空气的确如他们在青城山遇到的游客描述的那样甘甜，不过看到白桦林，顾吉想得更多的是朴树的歌。

就空气来说，哈图石林是顾吉到过的地方中空气最好的，虽然张家界、天目山、黄山等地都有号称天然氧吧的所在，但都比不上哈图石林的空气。如果不是内蒙古的冬天太

冷了，顾吉是想留下来多待一段时间的。

02

准备离开大草原时，李逾建议去看看沙漠。库不齐沙漠是中国第七大沙漠，在鄂尔多斯市，本来这个地方是顾吉的首选。在去之前，顾湘突然问：“‘大漠孤烟直，长河落日圆’里的大漠是哪个沙漠？”

顾吉说：“那是腾格里沙漠，在甘肃和内蒙古的交界处。如果去那里，路线就得变更下，先去银川比较好。”

“那银川有没有什么好玩的？”李逾问。

“银川有个西北影视城，是著名作家张贤亮创建的，市区附近就属那里好玩了，其他的，如果去大漠，应该是在银川市旁边的中卫市，那里有个沙坡头景区。”

“这两个地方有好吃的吗？”顾湘又问。

“我也不知道，我也只是听说，自己从来没去过。你们想好了，到底是去库不齐还是去腾格里？”

“腾格里吧，我想看看‘大漠孤烟直，长河落日圆’是什么样子。”顾湘替李逾决定了。

“嗯，九转黄河确实值得一看，沙漠落日肯定比草原落日更加壮观。”说着，顾吉就开始订去银川的车票。小时候他曾看过张贤亮的书，对镇北堡一直怀有向往，尤其是书里写到的黄萝卜，顾吉觉得吃起来应该不比玉溪的小菠萝差。

坐了半天汽车，又坐了一夜火车，到银川的时候天刚刚亮，到酒店放下行李，来不及洗漱，他们就坐上了去镇北堡影视城的车。

镇北堡影视城就是西北影视城，顾吉最爱的影片《大话西游》和《龙门客栈》曾经在这里拍摄过。还有《红高粱》《老人与狗》等等。

里面的清城、明城固然好看，不过顾吉最喜欢的是民国一条街，街上还有一些特色小吃。街后面还有鹿苑，他们买了一些鹿茸，看了一会儿地方特色的演出，远远地眺望了一下远处的贺兰山，然后就回酒店休息了。

银川当地的美食并不多，好吃的大都来源于陕西或者内蒙古，他们住下来后吃了一些汉中酿皮和羊杂碎以及手抓肉，第二天就坐上了去中卫的火车。

到了中卫后，看到目不暇接的枸杞店，顾吉才想起来他们来到了枸杞的故乡，临走前顾吉嘱咐李逾一定不要忘了买一些寄给各地的朋友们。

03

中卫的空气也很好，城市很干净，很难想象这是一座紧挨着沙漠的城市。据当地人介绍说，他们这里的环卫工有时候都要穿白色的衣服上班，为的就是干净。

除了沙漠和黄河之外，这里还有盐湖以及草原。草原他们刚看过了，所以不觉得稀奇，但盐湖是他们三个都没见过的。到了沙坡头景区之后，当地司机建议他们先去坐羊皮筏子游黄河，或者去滑沙，他们却选择了先去盐湖看看，因为盐湖的照片，一早就在网络上疯传过。有人说到宁夏不看盐湖，等于白跑一趟。

去盐湖的路上，看到沿途的沙漠上都埋了草，形状四四方方的很可爱。顾吉便问出租车司机，司机说，沙漠是非常具有侵略性的，宁夏人想了很久，试验了很久，才找出这个办法，埋草放沙，用了这个办法之后，沙漠基本上就像被锁链锁住了一样，再也没有扩大了。

因为去得早，没能看到长河落日圆的景象，大漠孤烟直也只能靠想象，不过盐湖的确漂亮，大自然的鬼斧神工由此可见。茫茫的沙漠里有绿洲已经是奇迹了，居然还有这么大的湖，而且是洁白的盐湖。

过去盐和金子一样值钱，为了吃盐，附近的部族没少为争夺这盐湖打仗，到现在，这盐湖里生产的盐还供养着无数中华儿女，说不定你昨天吃的盐，就来自这里。

在盐湖拍了几张酷似冰川雪地的照片之后，顾吉才和顾湘以及李逾一起去玩了滑沙，坐了羊皮筏子。因为附近没有什么特色小吃，在沙坡头玩了一天后，他们就去了西安。

Story
About
Us.

10

西安第一碗

01

外地人到西安，一般都喜欢去回民街，那里小吃多，类似长沙的坡子街，北京的簋街。不过每次去那里，顾吉会买的小吃只有一样，就是镜饼。

镜饼圆圆的小小的，软软甜甜的，味道倒是没有特别独特，但是模样特别可爱，而且每年都有新的图案。

逛玩回民街，再去钟鼓楼，吃块奶香味十足的雪糕，然后就可以爬城墙了。西安的城墙是顾吉去过的城市里保存最完整的。不是一段或者一截，而是整整一个圆圈。骑着自行车在城墙上转一圈，要两个小时。东西南北的城门走一遍，基本上就逛遍长安了。

据说北京以前也有这样的城门楼子，甚至比西安的城墙更宏伟，可惜后来为了交通方便拆掉了。

下了城墙，可以去吃擀面皮或者米皮，西安的擀面皮绝

对是全国最好吃的。然后就是牛羊肉泡馍和肉夹馍，不过店面参差不齐，车站景点附近的大都难吃。居民区附近的店面大都味道不错。顾吉每次一定会吃的，是个叫天下第一碗的泡馍店，馍可以自己撕，汤够浓、料够足，碗也确实够大。

除了这些基础小吃，西安的胡辣汤味道也不错，但是做法古怪，会放白菜或者土豆片进去，总体来说没有河南的正宗。

到西安后，大部分人会去看秦始皇陵兵马俑，毕竟那里太有名了，不过真去看了会发现没啥可看的，远不如在西安城内闲逛。顾吉最喜欢的地方是雁塔广场，就算不去大唐芙蓉园，单是在广场上坐一坐，到大慈恩寺里发发呆也好。那里有大雁塔，有小雁塔，有玄奘的雕像，算是西天取经的纪念地之一。

西安附近还有一个地方叫蓝田，容易让人想起蓝田日暖玉生烟，但其实这里并不产玉，诗词里的蓝田也不是指某个地方，而是指蓝色的田野。不过不产玉并不影响这里卖玉，玉器店在蓝田比比皆是，去看秦始皇陵兵马俑的路上也有一些玉石加工厂。但其实蓝田最后看的景致是冰瀑，就是瀑布飞流直下的时候被冻住的景象，只不过这个要看季节。顾吉等人是夏天去的，啥壮观的景致也没看到。

原本顾吉还想去华山和咸阳看看，但是到西安时，他们的钱用得差不多了。刚好北京有个出版公司想签了顾吉，让顾吉给他们写一本美食类的书，可以预付一部分签约金，顾吉就带着顾湘和李逾去了北京。

02

到了北京，签了合同拿了钱，他们就顺便在北京逛逛。

北京好吃的太多了，首屈一指的是豆汁，这种食物吃一次后，这辈子再吃什么都觉得香了。就像人常说的，喝了这碗酒，以后喝什么都不怕了。

在怪异食物排行榜里，顾吉觉得豆汁可以排第一位。老北京还有一个特色是炸酱面，不过得去南锣鼓巷里吃，那里面有几家很正宗，都在小巷子里。

不过北漂们的最爱，应该是煎饼果子，上班族每天早起都要来一份。等到发工资那天，如果收成不错，还可以去全聚德吃半只烤鸭。

顾吉不喜欢吃烤鸭，但非常喜欢用来卷鸭肉的薄饼，所以他常常就拿着薄饼卷葱丝吃了，一次能吃十几张薄饼。

在顾吉看来，北京最值得一逛的地方是天坛，可能国内最粗的树都在里面了，个个都有好几百年的历史，简直可以和天目山的大树王媲美。

然后是景山，站在景山上，既可以看到故宫的全景，也可以看到“让我们荡起双桨，小船儿推开波浪”里划船的地方。

明朝最后一个皇帝，就吊死在景山，比起上海的佘山来说，景山简直值得五星推荐。而且景山紧挨着故宫，逛完故宫后，出门就可以爬景山。

因为到北京不在顾吉等人的计划之内，所以只待了三天，他们就去了济南。为了那里的大明湖、趵突泉、千佛山。

03

让顾吉等人意外的是，在大明湖畔，他们遇到了周允。周允当时正在给一个穿汉服的美少女拍照，背景是一片荷花，美少女略施粉黛，看着比荷花还要美艳。

“这样的美少女，落到周允手里，真是毁了。”李逾愤愤不平道。

“你怎么想得这么龌龊，也许人家只是拍拍照呢？”顾湘打了李逾一拳道。

“就算这女孩不愿意，周允也会用尽办法把她骗到手，所以只能希望这女孩和米小微一样看得开，不把男欢女爱当回事。”在这件事上，顾吉还是站在李逾这一边的，虽然他和周允接触得也不算多，但就冲周允对米小微和顾湘的表现来看，顾吉和李逾都没有看错他。所以说男人最了解男人，女人最了解女人。

“他没有来诱骗你，真是因为我看得紧，没有给他机会。”顾吉刚说完，李逾又补了一句道。

“好吧，在你们眼里，男人都不是什么好东西。”

“在你眼里，女人又有几个正经的？”

听着他们小两口斗嘴，顾吉寻思要不要和周允打招呼，虽然人品不行，但是拍起照来周允还是很认真的，顾吉在一边观摩了半天，周允都没有发现他，周允眼里只有那个羞答

答的汉服模特。

顾吉犹豫的时候，李逾已经发现了新东西，原来是可以手工刻字的铜锁。李逾想把他和顾湘的名字刻在一起，顾湘却要拉顾吉一块儿刻，一块情人锁上刻三个人的名字，也算是千古奇观了。

刻完名字，顾吉回头再看时，岸边已经不见了周允和他的美少女。顾吉在大明湖逛的时候，有种逛西湖的错觉，这些日子以来，西湖、洱海、滇池、抚仙湖、洞庭湖等等湖泊看得他们有些腻了。于是才逛了半圈，顾湘就吵着要去看趵突泉。

顾吉第一次知道趵突泉，是在小学课本上，他幻想中的趵突泉，差不多和广场上的喷泉一样，可以一飞冲天。现实中的趵突泉，却只是像烧开的水一样。

不过趵突泉的泉水非常干净，非常寒凉，就像深井中的水一样，这一点还是值得夸赞的，尤其是见过昆明的翠湖之后，就更觉得趵突泉每日人流量那么大，能保持这么干净不容易。

逛完趵突泉，顾吉提议去爬千佛山，顾湘想先去吃饭，说吃饱了才有力气爬山。于是三个人就去吃了九转大肠，那口感和上海的大肠面有一拼，不喜欢吃重口的人，吃一次就可以留下一辈子的心理阴影。其可怕程度，仅次于北京的豆汁儿。

除了九转大肠，芙蓉街的油旋也值得一吃。还有糖醋黄河鲤鱼、奶汤蒲菜、泉水老豆腐等等，吃饱喝足之后，顾湘菜兴高采烈地跟着顾吉爬起了千佛山。

千佛山不算高，其难度高于北京的景山，上海的佘山，和长沙的岳麓山差不多，严格来说，要比岳麓山还要难爬那么一点点。不过沿途有佛像和寺庙，山道也古老，爬起来还是比岳麓山有趣的。

爬完千佛山，李逾说想就近去徐州看看，因为据说徐州出土了不少古墓，而关于盗墓的小说流行一时，能够让人真正下到大墓深处一看究竟的，也只有徐州汉墓了。

04

徐州汉墓又叫龟山汉墓，被称为东方金字塔。进墓和出墓都要通过长长的甬道，据说是世界上打造得最精确的通道。下入墓穴的时候，因为光线昏暗，加上人少，还是有一点点恐怖的感觉的。

逛完汉墓，旁边还有个圣旨博物馆可以逛逛，城区内还有项羽的戏马台和户部山古民居值得一去。

徐州的美食大都来源于外地，即便是注明了是徐州特产的东西，在别的地方也都可以买到，并没有什么独创性。可以说现代的徐州和古时候的徐州完全没法比。

现在的徐州，有点像河南的洛阳。古时候项羽和吕布都曾经在徐州称雄，但是现在，只是一个普通的落后的三线城市罢了。

在徐州待了两天后，顾吉提议去武汉看看，吃吃热干面，逛逛黄鹤楼。顾湘小时候去过归元寺，蛮喜欢那里的，听顾吉一推荐，她毫不犹豫就答应了。二比一的情况下，李逾也只能答应。

武汉最出名的热干面应该是蔡林记，但基本上都是给外地人吃的，就像长沙的臭豆腐一样。本地人更爱去那些不出名的苍蝇馆子，几乎所有的地方好像都是这样。外地人注重形式，本地人注重实惠。

除了热干面，武汉还是个革命圣地，但是顾吉不太喜欢近代史，觉得近代中国一直在被欺负，所有古迹方面就只是去逛了黄鹤楼。结果去了之后才发现，比起岳阳楼来说，黄鹤楼更不值得一看，徒有虚名。简直和装了电梯的雷峰塔差不多。

三大名楼，就剩下滕王阁还没去了。虽然黄鹤楼和岳阳楼都让顾吉失望了，但他还是想去看看滕王阁，可能大多数喜欢历史的人都有这么个情结。纵然三山五岳五湖四海已经不复旧日模样，但想起古代诗人文人的那些歌颂赞美，还是会对那些地方充满向往。

顾吉是第一次到武汉，顾湘已经是第二次了。比起小时候，她觉得武汉人更多了，交通更拥挤了。唯独公交车司机和出租车司机还是和当年一样彪悍，一个个都把车开得像船一样。

不过武汉也并非一无是处，武汉市博物馆和湖北省博物馆还是值得一逛的。还有东湖也值得一去，湖上有个飞艇降落伞的项目非常值得一玩，比深圳小梅沙的水上滑索还要刺激。

逛完黄鹤楼，他们三个还去逛了户部巷，最后还坐轮渡横跨了长江。就轮渡来说，武汉的轮渡还是比上海黄浦江的轮渡好些的。

武汉的小吃在户部巷基本上都可以吃到，不过除了热干面，别的都没啥特色，像烤鱼、豆皮、糯米包油条、糊汤粉。模样虽然各有特色，但味道和其他地方的小吃都也是大同小异的。

Story
About
Us.

11

南昌瓦罐汤

01

离开武汉后，顾吉就带着两个人直奔滕王阁而去。武汉到南昌很近，除了滕王阁，周边还有鄱阳湖、庐山、景德镇等地方值得一去。

作为三大名楼之首，滕王阁要比黄鹤楼以及岳阳楼雄伟很多，同样是临江而建，滕王阁从距离上离江也更近一些。当然这主要是重建的功劳，相比滕王阁，黄鹤楼和岳阳楼在最后一次重建的时候显然是有点草率的。

顾吉小时候最爱王勃的《滕王阁序》，在他幼小的心灵里，王勃简直帅炸了，可以说是古今第一神童。如果不是二十多岁就死了，那唐诗一哥的地位一定没有李白什么事儿了。

除了登高望远，滕王阁楼顶还可以通过投影看到过去的舞蹈，古时候的舞蹈要比现代人美很多，与其说是那时候的人美身材好，不如说是那时候的衣服好，唐装汉服舞起来都别有一番风味。

南昌除了黄鹤楼，另外值得一提的就是瓦罐汤了，但是这个瓦罐汤如同重庆鸡公煲一样，在江西本地并不多见，起码是没有米粉店在长沙的分布那么广。找了半天，才算是找到一家，三个人点了一桌子，吃起来味道却是一般，还没有后来随便点的烧烤好吃。

因为寻觅不到美味，三个人便沿江而走，到了九江，打算爬爬庐山。上山之前，先是去了浔阳楼，毕竟也是十大名楼之一。而且还是《水浒传》里宋江题反诗的地方，顾吉很小的时候就想来看看了。

临江而建的古楼，可以说是大同小异，但是长江在九江这一段，格外的美。在浔阳楼上，顾吉倒是看到了在滕王阁上没看到的景象——落霞与孤鹜齐飞，秋水共长天一色。

江边一到傍晚，就会聚集很多散步的远眺的人，落霞、江水和江上的轮船以及江边闲坐的人，形成了一幅绝美的画。

在九江市区住了一夜，第二天他们就上了庐山。庐山上有个小镇，叫牯岭镇，应该是世界上海拔最高的小镇了，在半山腰上，海拔一千米以上，依山而建。镇上应该有几万人生活，电影院、银行、汽车站、超市以及各种酒店饭店一应俱全。

住在牯岭镇，顾吉莫名地想起了一本书，叫《岛上书

店》，顾吉想，如果在山上开个书店，应该可以叫空中书店了。

山上有不少水果卖，其中属一种卖家叫乌梅，也叫树莓，其实是葡萄的水果，吃起来还不错，但顾吉更喜欢吃黄瓜，因为有人说卖家在葡萄上涂了蜡，吃了对肠胃不好。

庐山上最值得一去的景点是含鄱口，但是要下午去，太阳快下山的时候，就着晚霞看鄱阳湖，才能看得清楚，早晨和中午都会被云雾遮挡。

顾湘最期待的景点是花径，因为是白居易题诗的地方，但是大林寺已经没有了，所以“人间四月芳菲尽，山寺桃花始盛开”的情景也看不到了。景区的人倒是种了一些别的花，但也只能说是山上百花始盛开了。

五老峰是李逾最期待的景点，但是太费体力，顾湘爬到一半就不行了。等到爬完五老峰，再去三叠泉的时候，顾湘彻底歇菜。什么泉水什么瀑布她都不去看了，只有顾吉下到了山底，看了瀑布又原路返回。李逾陪着顾湘，提前返回牯岭镇的酒店了。

品心而论，江西的美味小吃不多，很多所谓的特产或者特色，在别的城市也都能吃到。虽然在浔阳楼上看到了美景，但毕竟美食方面有所欠缺，顾吉在牯岭镇写美食攻略的时候，略带点遗憾地在微博吐槽了下。

没想到不吐槽不要紧，一吐槽，竟然招来了数千条江西网友的留言，很多人劝他去三清山、龙虎山以及鄱阳湖之类的地方看看，说当地有各种美食。

这些劝告顾吉没有在意，却对评论里有个人提到的婺源上了心，因为有人说那里的竹笋好吃，不亚于天目山的竹笋。

对天目山的竹笋，顾吉想起来还是会流口水的。所以如果仅仅说婺源是中国最美的乡村他可能不会动心，说那里有好吃的竹笋炒腊肉，他就觉得不如去看看了。

婺源在上饶市，离九江不远。顾吉提议后，顾湘也赞成了。只是李逾觉得婺源最出名的是油菜花梯田，已经过了看油菜花的季节，这时候去，恐怕看不到什么美景。但是李逾的话一直都没有什么影响力，顾吉还是买了去上饶的车票。

婺源的地理位置，在安徽、江西、浙江三省交界的地方，有点像宁夏中卫的地理位置。古时候婺源还是楚国和吴国的分界线。一般这种地方，都很容易出人才。

之前他们到过黄山，从黄山去婺源更近一些，但是当时因为身体状况，加上离开了旅行社，他们三个都想早早离开黄山，算是漏掉了婺源这个景点。

到了婺源之后，他们才发现，和屯溪老街有点像，婺源的建筑都是徽式建筑。但是要比屯溪老街的更古老更有味道。

可以说去了婺源的篁岭，顾吉才算是看到了徽派建筑的精髓，那些圆圆的带顶的桥，那些天井里的水缸，还有无数耕读世家的祖居，让顾吉有了隐居的念头。

很多美术学校的学生到篁岭写生，这里有活了一千年的树木，有五颜六色的田野，有无数古老的房子和晒秋文化。

从婺源县城到篁岭有三十多公里，地处山岭之上的篁岭，和牯岭镇一样，都算是空中村镇。只不过篁岭更小一些，也更美一些。虽然过了清明节，但是篁岭景区内还是有做清明果的农家人，顾吉甜的咸的都买了几个，就着篁岭人自己酿造的米酒，算是吃了个饱。

篁岭附近还有个叫江湾的地方，是婺源境内唯一一个5A级景区，江南最大的祠堂“萧江祠堂”就在这里。站在祠堂中央的广场上，想着过去无数人在这里聚集，那种大家族的气派，让人有种身临古境的感觉。

婺源还是詹天佑的故乡，境内出过两个状元、无数个进士和数百个五品以上的官员。住在江湾的时候顾吉就想，一边读书，一边耕田，有老牛作伴，有山水作陪，在这样的地方出生，想没文化都难。

在江湾景区门口，顾吉吃到了心心念念的竹笋炒腊肉，还有一种黑黑的豆腐，味道也不错。如果不是江湾和篁岭的住宿条件都很一般的话，顾吉简直不想走了。

02

离开婺源的时候，顾吉算了下，从参加旅行团到现在，他已经出来一百天了。距离世界末日还有一百多天，他的存款如果自己一人玩的话，玩到世界末日应该也用不完。如果两个人玩，省吃俭用的话应该勉强可以撑到世界末日。但是要是三个人一起的话，就有点困难了。

李逾和顾湘的存款，早在南昌的时候就用完了。按照李逾的想法，逛完了婺源，就可以回去工作了，毕竟世界末日还很遥远，他不能一直跟着顾吉蹭吃蹭喝。这关系到尊严问题。

而顾湘呢，她担心错过了这次，以后再也没有跟顾吉一起旅行的机会了，甚至能不能再见到顾吉都说不定。她不想放弃，不想打道回府过那种重复的生活了。

“如果今年的12月21日真的是世界末日，那么我们的生命只剩下一百多天了，如果不能在人生最后的日子里过自己想要的生活，我死不瞑目。”顾湘趁着顾吉上厕所的工夫，对李逾说道。

“那如果世界末日没有成真呢，你知道的，这只是一个不太靠谱的预言。关于世界末日的预言已经有无数次了，一次也没有成真。我们和顾吉不同，我们不是那种每天啥也不干也能赚到钱的人。我们偶尔出来任性地玩一次，已经很奢侈了。现在钱花完了，该回去面对现实了。这就是我们的命。”

“顾吉并没有啥也不干，他以前也很辛苦，他只是成名后才轻松一些。你不可以这样说他。”

“好好好，不说他，我也没有要诋毁你偶像的意思，我只是说，我们真的没法继续走下去了，你忍心继续让你的偶像承担我们所有的费用吗，我们这样是连累他。”

“可是我真的不想回去。我们那种工作真的没有意义。”

“人生本来就是没有意义的，做什么有意义？”

“旅行就有意义。”

“绕了半天不是又绕回来了，我们没钱了，有钱的话当然可以继续旅行。”

“反正我就不想回去。”

“你是不是喜欢上顾吉了？”

“我一直都喜欢他啊。”

“我是说那种喜欢。”

“那种喜欢？我不知道。”

“我知道了。其实也不怪你，在顾吉面前，我的确一无是处。”

“你没有一无是处。我也喜欢你。一直都喜欢你。”

“可是我比不上顾吉，这是现实。我知道你喜欢我，我也喜欢你。可是你只能选择一个人。我把你宠得像个小孩，可你毕竟不是小孩，你必须得做出选择。”

“你是不是一开始就知道会变成这样了？”

“那时候我觉得我的忍让和顺从，可以让你看到我的好，可是见到顾吉后，我看到你的眼睛里都是他，我就知

道，我们可能要完了。”

“为什么会变成这样呢，我不想你走，也不想结束这趟旅行。”

“由不得你想不想，这是现实，现实由不得我们想怎样就怎样。我也不想回去工作，可是没钱了，就是要去工作。如果可以想怎样就怎样，我还想比顾吉更酷炫更吸引人，那样你就不会移情别恋了。”

“我没有移情别恋。你知道的，认识你之前，我就很喜欢顾吉，只是那时候我觉得他是高不可攀的偶像，现在在一起生活了一段时间后，我发现其实偶像也没有那么遥远。”

“别说了，总之，我选择回去，你也尽快做个选择吧。”

03

“离开婺源后，我们去哪里呢？”顾湘借着让李逾去买饮料的工夫，问顾吉。

“去河南吧，我想去一趟老家，拜祭下祖先。顺便也带你们参加下我故乡的景色，尝尝故乡的美味。”

“我和李逾的钱用完了，怕是不能继续陪你走下去了。”顾湘低着头，带着哭腔道。

“没关系，我的钱至少够我们再玩一个月，到时候钱用完了再各奔东西吧。”

“可是李逾不愿意连累你，他说如果不带着我们，你是可以玩到世界末日的。”

“那你呢，你怎么想？”

“我当然想跟你一起的，我这趟出来就是为了见你。可是天下没有不散的筵席，李逾的考虑也不是没有道理，我想了很久，还是决定跟他一起回去工作。等到我们赚到了钱，如果世界末日只是一场虚无的预言，到时候我们再一起旅行。”

“如果我让你和李逾分手，做我的女朋友，我养着你，你陪着我旅行就好了，不用考虑赚钱的问题，你愿意吗？”

“我当然愿意，我求之不得，可是那样对李逾不公平，我不能伤害他，尽管我更喜欢你。”

“你更喜欢我，就说明你没有那么喜欢他，和不喜欢的人在一起，能快乐吗？不喜欢人家还要跟人家在一起，对人家不也是一种伤害吗？”

“其实遇见你之前，我跟他在一起挺开心的。万事万物都怕对比吧，人比人气死人。就算我现在选择跟李逾分手，跟你在一起了，那以后你肯定会遇到比我更好的人吧，那时候也会考虑放弃我吧。”

“说来说去你是怕报应怕良心不安啊。眼看就要世界末日了。哪儿有那么多以后呢。要怕，也等到过了十二月再怕吧。”

“你不要再劝我了，再劝我真的要变成坏人了。”

“好的，我尊重你的选择。我也希望你和李逾在一起开开心心地生活下去。”

“谢谢你，跟你在一起旅行的这段时间，我是人生中最开心的一段时间。我相信只要这世上还有美食，我们就还有机会再相遇。”说着，顾湘踮起脚吻了顾吉一口。这一幕正好被买水回来的李逾看到了，李逾躲在大树后面，心如刀绞，却又无话可说。

Story
About
Us.

12

洛阳牡丹饼

01

送走顾湘和李逾后，顾吉又去宏村住了一阵子，然后才回河南老家。之所以去宏村，是因为一条新闻。一条关于周允的新闻——网红摄影师景区非礼女模特被抓。

宏村这个地方，之前去黄山的时候顾吉有留意到，可惜和婺源一样，被他漏去了。那里和婺源一样，也是徽派建筑。顾吉想正好离婺源近，一并去了，短时间内就不再来安徽或者江西了。

周允和女模特的事情，双方是各执一词。用周允的话说，就是女模特主动约他，他带着女模特吃喝玩乐，最后到要开房的时候，女模特不愿意了。周允觉得自己被耍了，就强吻了女模特。结果女模特一气之下报了警，导致周允差点被拘留。

顾吉对周允没有好感，但是这类社会新闻看多了，他也不同情女方。之前还看到有女生因为男朋友订的酒店太差，报警说男友强奸。还有女生没有钱请摄影师拍照，就拿身体作为酬劳。甚至有变态摄影师以此为要挟，陪睡就给精修，不陪睡就给粗修。爱美的女生是前赴后继地着了摄影师的道。

这种事情，大都是一个愿打一个愿挨。女生想红，却很穷。摄影师水平一般，道德却恶劣得很。如果都是像周允和米小微那样开放的人，也就罢了。一旦遇到斤斤计较的主儿，就很容易翻船。

顾吉到宏村的时候，周允和女模特已经走了，最后的结局是两个人达成和解。但周允的名声就此毁了，大量同情女模特的人在周允的微博下面破口大骂。从那以后，周允再也不拍人像，一心一意只拍风景了。

在宏村吃了几天黄山小烧饼后，顾吉终于踏上了回乡的列车。长大以后，顾吉就很少回故乡了。有时候实在想念故乡的美食了，就在淘宝搜一搜。味道虽然不如故乡的美，但做法差不多，也能解馋。

故乡最好吃的两样东西，一是胡辣汤，二是烩面。淘宝都能买到，烩面还是非油炸食品。比方便面好太多了。这两样东西对别人来说应该很普通，但是对从小吃这两样东西长大的顾吉来说，却是什么美味都不能取代的。那是童年的记忆。

除了这两样，吸引顾吉回去的，还有一个玉米渣粥和薄薄的烙饼。小时候顾吉的奶奶经常烙薄饼给顾吉吃，有时候还会卷上大葱或者豆酱，每次想起奶奶，顾吉都会想起烙薄饼的味道。

这一次的世界末日预言，顾吉虽然没有完全当真，但这次回乡，他是当作最后一次回乡的。故乡和故乡的人离他越来越远了。这些年尽管他成名了，赚到了一些钱，过得自由潇洒了。但是在父辈眼里，他依旧是那个桀骜不驯的逆子。

他和亲人之间依旧有无法跨越的鸿沟，所以即便选择了回乡，他也不打算见任何人。一下火车，他便戴上了口罩和帽子，匆匆地在小城走了一圈，去曾经住过的院子里逛了逛，他便离开了。

距离父母居住的小城三十公里的地方，是他曾经上学的城市，他到那里圆了吃了胡辣汤和烩面的梦。还特意找了家粥铺点了棒碴粥，只是烙薄饼的店怎么也找不到了。最后还是在一家肉夹馍店，吃了卤猪耳朵夹馍，才算是吃到了一点童年的味道。只是那烧饼替代不了薄饼，吃了半个，解了乡愁，顾吉便离开了。

02

早在和顾湘以及李逾在云南玩的时候，米小微就约过顾吉几次，都被顾吉推辞了。等到回到故乡，看到米小微的微博留言说她在洛阳龙门石窟。距离顾吉家只有一个小时的车程，顾吉就答应了再次见面。

虽然只是萍水相逢，但一来二去的，顾吉对米小微，倒也生出了几分感情。他知道他这辈子不可能真的爱上她，但是一次又一次，他都没有拒绝米小微。夜深人静的时候，他反省自己，觉得米小微身上有的不完美，他似乎都有。他或许没有周允那么无耻，但绝对没有顾湘和李逾那么纯粹。

送走顾湘和李逾的时候，他能够从李逾的眼睛里看出李逾对他的羡慕，也能够感受到顾湘对他的留恋。但他一点优越感也没有，他反而更羡慕顾湘和李逾，觉得他们拥有世界上最宝贵的简单纯粹的爱情。而他呢，穷得只剩下钱了。他得到了金钱得到了自由，却失去了对人的信任。

米小微到洛阳是为了看龙门石窟，顾吉小时候去过洛阳几次，也去过龙门石窟，但是洛阳给他留下的印象，更多的是王城公园的牡丹花。

只是已经错过了牡丹花开的季节，这一趟去洛阳，除了距离近之外，主要是一时间顾吉也想不到更好的去处。没有了顾湘和李逾作陪，有米小微相伴，在他看来，也比一个人走走停停的要好。他也不知道自己什么时候，就过了喜欢一个人自由自由行走的年纪。

因为米小微已经订好了酒店，顾吉到了洛阳后直接就和米小微住到了一起。他原本是打算带她去吃一些日料牛排之类的东西。没想到她却意外地要求顾吉带她去吃苍蝇馆子，

什么胡辣汤、浆面条、羊肉烩面、水馒头、薄饼卷烤面筋、牡丹饼等等小吃他们是吃了个遍。

可能吃的都是童年美味的缘故，顾吉第一次发现，原来和不爱的人在一起，也可以过得很开心。人生只要放低了要求，就没有那么多过不去的坎儿。

世上无难事，只要肯放弃，放弃了对真爱的追求，就不会为情所困，就可以尽情地游戏人间。放弃了对梦想的追求，就不会自我否定，就可以天天笑逐颜开。

Story
About
Us.

13

阳朔啤酒鱼

01

米小微是个非常开放的女孩子，她自己都数不清她有多少男朋友了。只要是她喜欢的，她都会想办法拿下。而那些主动送上门的，只要有一技之长，她是来者不拒。简直可以媲美孟尝君养三千门客了。

顾吉很清楚，他不过是米小微三千前任里的一个。甚至连前任都算不上，只能算是偶尔凑一块吃喝玩乐的小伙伴。

他知道米小微想从他这里得到什么，米小微嘴上不说，微博上已经艾特过他很多次了，他从来不转发。也从来不去米小微的微博评论。

米小微有时候还会在微博晒他的照片，他没有鼓励，也没有阻拦。两个人就这样暧昧着，彼此都把对方当寂寞时的伴儿。

可能在米小微看来，她还没有完全拿下顾吉，等到拿下顾吉那一天，她就可以潇洒的离开了，就像潇洒地甩掉周允一样。她不能容忍男人在她面前骄傲，越是骄傲的男人，越是能够激起她的驯服欲，她希望顾吉在她面前做一个摇尾乞怜的小狗。在顾吉这么做之前，她会一直主动地纠缠顾吉，等到顾吉真的这么做了，她就可以全身心地把注意力放在别的男人身上了。

顾吉只是不愿意去多想这些人际关系，不愿意去面对复杂的事情。米小微是美貌的，这对于他来说就足够了。如果不是顾湘有男朋友的话，他其实觉得顾湘也不错。也正是因为他的这种性格，导致戴丝斯没有对他穷追不舍。戴丝斯很清楚，顾吉虽然没有周允那么好色，但绝对配不上好男人这一称呼。

戴丝斯不清楚的是，顾吉这类人是遇渣则渣，遇深情则深情的。他会变成什么样，全看跟他在一起的是什么样的女人。

到洛阳的第二天，米小微说她想去阳朔吃啤酒鱼了，两个人就买了去桂林的机票。先是住在纸的时代书店旁边的酒店里，吃了几天桂林米粉里的干拌粉，尝试了下用螺蛳煮汤用酸笋搭配做出来的螺蛳粉。

且不论道德和人品，就吃的方面来说，米小微和顾吉还是很般配的，俩人都喜欢吃酸酸甜甜的东西，都喜欢喝点小酒。到了任何一家饭店，不管是谁点餐，对方都能兴致勃勃地吃下去。这样一来，他们俩都算是对方的伴游了，而且是

最佳伴游。

桂林好玩的景致都在阳朔，市区内他们只去逛了七星公园，然后就直接包车到了磨盘山码头，买了去阳朔的轮船票，乘船顺江而下，饱览了漓江两岸的景色。

都说桂林山水甲天下，人民币上都印了桂林山水，真逛起来的话，也确实对得上名副其实四个字。尤其是桂林的山，不同于黄山、庐山或者衡山，桂林的山都是平地而起，独自成峰的，孤零零的一个又一个，虽然有些山也挨着，但绝对不连绵起伏。

到了阳朔后，整个西街都是卖啤酒鱼的店铺，米小微已经是第二次来了。她知道十里画廊上那些路边的店家做的啤酒鱼才是真的好吃。所以到了阳朔住下之后，他们只是到小酒吧里喝了点酒。第二天才骑着自行车，去十里画廊上开始了狂吃之旅。

十里画廊上沿途有蝴蝶泉那些景色，也可以看到少数民族的歌舞表演，不过最让顾吉期待的，是大榕树景区。他打心底喜欢那些长了千年的古树，一看到就有种莫名的亲切感，好像他乡遇故知一般。

除了啤酒鱼，他们一路上还吃了水糍粑和各种酿菜，临走的时候，还打包了一袋子罗汉果。不过顾吉买这个不是打算自己泡茶喝，一到西街，他就找邮局，快递给了顾湘。

顾湘已经回到了家里，找了份新的工作，每次上班之余，还是会去顾吉的微博留言和点赞，似乎他们一直是未曾谋面的粉丝和偶像的关系。似乎保持着距离，顾湘才能生活得更心安一些。

02

在阳朔住了一周后，米小微提议去厦门。顾吉也没有拒绝，他很多年没去厦门了。之所以对那里没兴趣，是因为他不喜欢吃海鲜。甚至受不了沙茶酱的味道。

按照米小微的提议，住在鼓浪屿上，偶尔去海边吃点烧烤，顾吉倒是能够接受。但真正到了鼓浪屿之后，顾吉就想走了。

一是因为他有个原则，只去那些可以吃到美味食物的地方，起码是合他口味的食物。二是因为米小微到鼓浪屿来，是为了和她另外一帮朋友约会。

米小微似乎是为了向顾吉展示她的社交能力，结果却适得其反，一顿烧烤吃下来，顾吉觉得自己像个外人。

因为有一帮新朋友陪伴，米小微也不在意顾吉的去留。她虽然也不爱吃海鲜，但她和顾吉不一样，顾吉是个离开了美食就活不下去的人。她呢，永远是社交更重要。

顾吉想离开厦门还有一个原因，就是在阳朔吃啤酒鱼的时候，他想起了以前在凤凰古城吃到的一种美味，名字叫酸鱼。用糯米腌制过的酸鱼，吃下去可以让人回味无穷。顾吉

本来是想到厦门玩几天，就带米小微一起去凤凰的。结果米小微和新朋友玩得很嗨，顾吉就打算自己去凤凰了。临走的时候，他在酒店留了张字条——我在凤凰等你。一个月。你不来，我就走了。

比起厦门来说，湘西的美味实在是太多了。不仅是酸鱼，还有板栗炖鸡、蒿菜饭、手工糍粑、苗药烤牛蛙、猪肉炖罗汉菇以及湘西腊肉等等。

可以说国内好吃的最多的省份，除了四川就是湖南，而湖南好吃的最多的地方，就在湘西。不仅好吃的多，风景和空气也好。顾吉一到凤凰，就找了家靠江的客栈，交了一个月的房钱。

遗憾的是，一个月后，没等来米小微，却等来了戴丝斯。等待米小微的时候，顾吉常去附近的苗寨玩。听苗寨的人讲僵尸的故事，下蛊的传说。

有一天正在苗寨闲逛的时候，就看到戴丝斯和一个看上去比她大了不止二十岁的胖男人手牵手走在一起，后面还跟了一群游客。

不用问，顾吉也能猜到，戴丝斯一定是如愿以偿地傍上了大款。可惜这个大款不像是非常有钱的样子，不然应该带着她去国外，去更远的地方才是。来凤凰，应该是满足不了戴丝斯的心的。

老熟人见面，自然要一起吃顿饭，吃饭的时候，戴丝斯还表现得和男朋友很恩爱，好像相差二十岁也不是为了钱，好像两个人真的是真爱一样。

自从顾吉给戴丝斯打了钱之后，旅行团确实再也没有找过顾吉，后来戴丝斯也像人间蒸发了一样。所以顾吉也不知道到底是旅行团真的要找他麻烦，还是戴丝斯假旅行团之名来骗顾吉。总之他是花了五十万买了份安宁，时过境迁，顾吉也不想再提旅行团的事情。一顿饭之后，戴丝斯就和男朋友离开了凤凰。

因为恰逢微信开始流行，注册用户突破了两亿，戴丝斯这种爱赶时髦的人自然不会错过，不但自己用，还逢人就推荐，临别的时候，她推荐顾吉下载了微信，成了顾吉微信里的第一个好友。

但是加了好友之后，两个人从来没说过话。很多年后，顾吉微信收到第一条关于戴丝斯的消息，是关于戴丝斯失踪的消息。

那时候的戴丝斯已经换了新的男友，两个人一起去国外旅行，戴丝斯看上了一款当地的民族服饰，在试衣间试衣服的时候，意外地人间蒸发了。

戴丝斯的男朋友用戴丝斯的手机给她微信里所有的好友发了消息，最终还是没有找到戴丝斯。

有人怀疑她出家了，更多的人怀疑她被拐卖了，还有人说在那个国家，类似的被拐卖的事情已经发生了很多次，在那个没有王法的地方，经常有人被恶势力抓去卖淫，或者砍掉手脚，扔在街上帮他们乞讨。

没有人知道戴丝斯后来究竟去了哪里，是否还在这个世界上。只是从那以后，那个可怕的小国家，再也没有游客敢去了。美景美食固然诱人，但命毕竟更重要。

03

离开凤凰的时候，顾吉给米小微打了电话，接的却是一个男人。顾吉听到是男人的声音，就挂了电话，从那以后再也没有联系过米小微。

后来他把米小微的微博也拉黑了，因为米小微开始做伴游。没有后台的小网红小模特，最后走上被包养或者高级伴游的路子，也不奇怪。只是这样的例子发生在熟悉的人身上，还是让顾吉有点难过。

好好的一个姑娘，彻底毁在了虚荣拜金上。以前做试睡员，做小网红帮人卖衣服，甚至做代购的时候，顾吉都还觉得这姑娘是靠自己的劳动在赚钱，还有救。顶多就是恋爱方面不检点，换男朋友比较勤快。做了职业伴游，就彻底是无可救药了。

道德这条线，退让一步，就会溃散全部。回想起最后一次见面，在厦门那些人，应该是拉米小微下水的第一批朋友。因为米小微离开厦门后就去了三亚，还邀请顾吉一起去玩，只是顾吉固执地守在凤凰等她，不愿意去那种古时候发配充军的地方。

顾吉想，如果他去了三亚，或者说留在厦门不走。或许，多多少少能够改变米小微的人生吧。米小微的堕落虽然不能怪顾吉，但顾吉在米小微堕落的道路上，也的的确确没有起到什么好作用。

有人说，心情不好的时候，就去撸一次串，如果还没有好，就再去撸一次。顾吉在离开凤凰的前几天，每天晚上都去撸串，边撸串，边大口大口地喝着啤酒。每天都吃撑，每天都喝醉。

他知道，离开了凤凰之后，他的人生就要开始新的阶段了。他不会再和米小微这样不检点的女生搅和在一起，也不会再羡慕顾湘那样的人生。他开始努力接受一个人的生活，不再去幻想改变。他要对食物投入全部的爱，一分一厘都不打算分给人类了。

顾吉去凤凰的时候，是从贵州省铜仁市坐的汽车。离开的时候，则是从凤凰坐到了长沙。但他并没有通知顾湘，也没有发微博，只是去顾湘曾经带他去逛过的地方又走了一遍。重新吃了一遍顾湘带他吃过的东西。然后才依依不舍地离开了长沙。

Story
About
Us.

14

雁荡山野味煲

01

去了黄山，去了庐山，三山五岳里的三山，就剩下雁荡山了。雁荡山位于温州，是三山之中离大海最近的山。

和天目山一样，这里也有昭明太子的遗迹。昭明太子虽然只活了三十岁，但是留下的丰功伟绩还是不少的。起码雁荡山的开凿他是功不可没的。

我们都知道，南朝四百八十寺，虽然南朝存在的时间不长，但是南朝时期寺庙太多了，而寺庙大都建在深山老林里。我国大多数名山的兴盛，都离不开南朝对建寺造塔的热爱。昭明太子在雁荡山建立了第一座寺庙后，这里的寺庙就越来越多，香火也越来越旺盛。

顾吉到雁荡山的时候，已经是夏天。虽然不爱吃海鲜，但是雁荡山的清真海蟹、碧绿虾仁、蛤蜊豆腐汤他还是尝了尝，味道上要比厦门的海鲜好太多。要说喜欢，他还是更喜欢鸡末香鱼和用野兔做的土豆野味煲。

如果不是黄山和庐山也有一些鲜笋味道不错的话，雁荡山可以算是三山之中美食最多的地方。雁荡烙饼和茴香五味豆腐干也不错。

既是海上名山，好吃的又多，顾吉就长住了一阵子，他去黄山和庐山的时候季节和天气都不太合适，山上要么光秃秃的，要么雾蒙蒙的。只有在雁荡山，才有了那种青山绿水人间仙境的感觉。

而且雁荡山夜里看更好看，景区主打的也是夜景，顾吉住在北雁荡山，夜里远望山景，尽情想象古往今来山中修炼

的仙人，会觉得人类何其渺小，人生何其空虚。

黄山看松，庐山看瀑布，雁荡山最值得看的，当属山洞。既有观音洞，还有北斗洞，可以说是佛道并立。

除了山洞，还有深潭，尤其是灵峰景区里的石门潭，潭面波光粼粼，堪比抚仙湖，两边山上还有来自世界各地的候鸟啼鸣。

顾吉入住的地方叫能仁村，村旁有个能仁寺和能仁书院，还有谢灵运造访过的筋竹涧。逛完了景区，吃完了想吃的美味。后来的几天，顾吉只是在房间里静坐着，喝喝茶，发发呆。一个人的旅行虽然没有一群人热闹充实，却有种别样的自在。

02

离开雁荡山后，顾吉坐车去了杭州，从杭州坐飞机，到了长春。作为排名前三的避暑城市，长春不仅仅适合夏天去玩，还适合夏天去吃。

比起其他地方来说，长春美食的特色主要就是分量足，如果不是东北人的话，随便点几样，就能吃撑你。

顾吉在长春，常去的是一家叫人民公社的土窑焖制店，血肠、大饼、拆骨肉，每次一两样就够了。在杀猪菜里，顾吉最喜欢的和东北人最喜欢的应该一样，那就是猪肉炖粉条。

因为长春的粉条和南方的粉条不一样，南方不管是长沙还是桂林，大都是米粉。重庆的酸辣粉虽然大都是红薯粉，但是没有长春的红薯粉劲道。

香喷喷一大盆猪肉炖粉条，顾吉一次只能吃一半。这时候他就会特别怀念顾湘，哪怕是米小微也好，起码可以帮他分担剩下的一半。

长春值得一去的景点，除了市区内无数的大大小小的公园，首屈一指的，应该就是溥仪住过的伪满皇宫了。

作为一个博物馆，门票八十元有点略贵，但是进去逛了一圈，顾吉觉得还是值得的。毕竟是封建时期的最后一个皇帝。其历史厚重感，不亚于故宫，而且因为建筑偏西方，会有种逛老上海建筑的感觉。

里面的楼梯、吊顶、窗帘和陈设，让顾吉想起上海市作家协会那栋有着旋转楼梯的楼来。不过伪满皇宫毕竟是皇宫，比上海的旧建筑还是气派很多的。

顾吉原先的计划是离开长春后去沈阳，然后去哈尔滨，他想一直在哈尔滨待到冬天，然后看看冰雕再走。结果因为一碗臊子面，让他怀念起岐山来。

岐山在陕西省宝鸡市，顾吉很小的时候去过一次。在他的印象里，宝鸡的美食是大过西安的。同样是锅盔、肉夹馍、臊子面或者擀面皮，宝鸡的要比西安更好吃点。

可能是个人爱好，也可能是那里有着一份独特的回忆。

岐山是顾吉初恋的故乡，顾吉唯一一次去宝鸡和岐山，都是因为初恋的缘故。

虽然两个人后来分手了，但是当你一起吃过的美味，再尝到的时候，还是会串联起那些已经深埋心底的往事。

岐山不仅仅有臊子面和锅盔，还有搅团和豆花泡馍以及稠酒。本来他和顾湘还有李逾一起去西安的时候，顾吉就想顺便逛逛陕西其他地方，但是因为当时钱要用完了，刚好北京有个出版美食集的合作机会，他们就匆匆忙忙去了北京。

现如今出版方的预付款顾吉已经快花完了，书还没有交稿，他原先打算在哈尔滨待几个月把书写完的，因为在长春吃到了正宗的岐山臊子面，他又想去宝鸡了。

自由职业者的好处就是想去哪里，就可以去哪里。有电脑就能工作。打定主意去宝鸡完成工作后，顾吉就订了离开长春的机票。

宝鸡古时候叫陈仓，明修栈道暗度陈仓，说的就是这里。之所以改名为宝鸡，据说是安史之乱的时候，玄宗逃到这里，差点被安禄山的叛军追上，多亏两只山鸡带路，才躲过一劫。玄宗大难不死，把功劳归于山鸡身上，说山鸡是宝鸡，安史之乱后，陈仓便更名为宝鸡了。

顾吉到了宝鸡，吃了碗米线就去了岐山。之所以吃米线，是顾吉觉得宝鸡的米线不同于其他地方，也许是改良过的缘故，宝鸡的米线比云南过桥米线好吃，比桂林米粉或者邵阳米粉也好吃。汤浓料足，吃一次就终生难忘。

等离开宝鸡市区到了岐山县城，吃完臊子面和蜂蜜凉粽以及醋粉，顾吉就开始闲逛了，作为周王朝的发源地，岐山古时候叫西岐，也是炎帝的故里，唐朝最著名的天文学家李淳风就出生在这里。

岐山最值得一去的是凤凰山，山下有唐代建造的周公庙。因为岐山是西周的发源地，从这里挖掘出了大量的青铜器，所以岐山博物馆也值得一去。

逛完凤凰山和博物馆，顾吉就住在酒店里，开始写美食书。他算好了，两个月写完，等到交了定稿拿到尾款，世界末日差不多也就到了。

写作之余，顾吉也看书，看《山海经》，看到上面写——尸胡山南水行八百里，曰岐山，其木多桃李。其兽多虎。

顾吉不知道《山海经》里的岐山，和他所到的岐山，是不是同一座山，不过可以肯定的是，现在的岐山，已经没有了老虎。

Story
About
Us.

15

武当山辛夷花

Chapter 15
武当山辛夷花

01

经常有所谓的意见领袖或者单身贵族夸耀单身的好，顾吉从不苟同。他还是希望还是喜欢有个伴侣的。只是那个合适的人没有来，才只好一个人了。

写完书交完稿，顾吉就离开了岐山。在参加旅行团之前，他一直过着闲云野鹤的生活。他去很多地方，但从不跟旅行团或者导游。一来是旅行团时间上太约束，二来是导游的知识都是死知识，还没顾吉自己知道得多。

可是跟随了末日旅行团和顾湘等人转了一圈后，顾吉又有点喜欢那种一群人热热闹闹的感觉了。得到又失去，和从未得到，感觉总是不一样的。

他决定用手里剩下的一点钱，自己做一场旅行的活动。凭借他的人气，他相信可以拉到不错的赞助商，只要活动开始了，就一定能一站一站办下去。

末日已经稀里糊涂地过去了，当然不能再叫末日旅行团。顾吉想了想，打算叫明日旅行团。明日复明日，明日何其多；我生待明日，万事成蹉跎。很多说走就走的旅行之所以没有变成现实，都是因为依赖于明日。

想好了名字之后，顾吉就发了微博，不到一个小时的工夫，就有数百人报名参加。顾湘，也在其中。

顾吉只收五千块的报名费，只接受五个人同行的名额。他想先去一两个地方，尝试下这种模式是否靠谱。如果靠谱，再考虑扩大规模。

五千块当然不够一个人旅行的花销，但剩下的费用，都被冠名商解决了。找顾吉冠名的是一家顾吉很喜欢的酸奶的厂商，他们不仅赞助了全程所需的饮品，还给了顾吉一百万的冠名费。

有了这一百万，顾吉可以放肆地做好明日旅行团了。第一站，他想去武当山和神农架，然后再去西藏或者香港以及北海涠洲岛。

他想吃碳烤生蚝和白灼虾很久了，可是具体第一站去哪里，他还是想等人凑齐再说。除了顾湘，他还有三个名额需要确认。

之所以说三个人的名额，是因为除了他和顾湘，李逾并不打算参加这趟旅行，顾湘是一个人报名，也是一个人从长沙到襄阳跟顾吉会合。

02

襄阳古城有很长的历史了，斑驳的老城墙堪比西安。北街的仿古建筑远胜长沙的太平街，还有昭明台，让人想起萧江祠堂和天目山昭明太子读书的地方。这个梁朝姓萧的昭明太子虽然岁数不大，生活的朝代也不算是多厉害的朝代，但留下的遗迹真是比比皆是。

逛完北街、米公祠和夫人城，顾吉又去看了看襄阳的护城河，据说襄阳的护城河是世界上最宽的护城河，顾吉见过的护城河不算多，不敢妄加判断。不过流经襄阳的汉江确实清凉干净，汉江往下走就汇入了长江，到了长江，江水就浑浊起来了。

顾吉坐在汉江边上发呆的时候，顾湘已经到了襄阳站，有她负责接待新来的三个小伙伴，这让顾吉省了不少心。

从襄阳到丹江口，再到武当山和神农架，如果时间宽裕，顾吉还想去下恩施大峡谷。之前在张家界的时候他就想走这条线，但是当时跟着团，一切都订好了，由不得他做主。

如今大权在握，他可以想去哪儿就去哪儿了，单是想想，就觉得很爽。世界末日的谣言随着12月22日太阳的升起而不攻自破。太阳照常升起，日子还是要继续。对于顾吉来说，日子继续，就是不断地在路上走着，走着。生命在于坚持，在于攀登，在于美食美景。

顾湘接来的三个人，都是女生，分别来自成都、上海和武汉。除了都喜欢在路上之外，她们三个的共同特点就是漂亮、会吃。

顾吉不是随意抽中的这三个人，他先是从报名的人里筛选了十个平时去过无数地方的人，然后又从十个人里筛选出五个擅长做好吃的，也擅长寻找美味的人。最后又从五个人里筛选出三个时间比较充足，不会半途而废的人。

这三个女孩分别叫李小溪、慕容苏素、童若晴，从襄阳站到汉江边，不过半个小时的车程，她们三个就和顾湘混熟了。并且自动认顾湘为大姐，按照年龄排序，顾湘老大，李小溪老二，慕容苏素老三，童若晴是老四。

四个人都是顾吉的粉丝，也都关注顾吉多年了，见了面也都不拘谨。顾吉带着四个女孩去逛了下襄阳公园，吃了几个掉渣烧饼，然后就直奔武当山而去。

武当山门票比庐山便宜，景点却和庐山一样分散，半山腰的乌鸦岭有点类似庐山的牯岭镇，都可以住宿吃饭购买日常用品，但是没有牯岭镇那么大。乌鸦在别的地方是不祥之物，在武当山却是神鸟，有专门投喂乌鸦的地方，就待遇而言，武当山的乌鸦比武当山的猴子过得更好。

因为还想去太极湖，他们就没有住景区内的乌鸦岭，而且在景区外找了个客栈。湖北人好客且实在，住下之后，看到客栈里有提供餐饮，老板娘也极力推荐，他们就在客栈吃了。

有山的地方大都有竹子，有竹子的地方当然就有竹笋吃，不过比起天目山和婺源的竹笋来说，武当山的竹笋味道一般。

不过难得的是顾吉在客栈里吃到了他已经十多年没吃到的醋熘马齿苋，小时候他经常去田野里自己挖马齿苋，然后带回家让妈妈做饼，或者清炒。如今再吃起来，满满的都是童年的味道。

和顾湘见面后，顾吉免不了问候下李逾，据顾湘说，李逾发现世界末日没来，只好更加努力工作赚钱，为的是早点娶了顾湘。这次顾吉发起的活动，李逾也想参加，但一想到

没钱的日子，就决定攒够了钱再说。

金钱虽然不重要，但有时候确实会成为人生的障碍。男人活在这个世界上，可能最大的价值，就是为女人扫清这些不必要的障碍吧。顾吉不觉得自己的想法大男子主义，在他看来，力气大的一方，永远有责任和义务去保护力气小的一方。

03

武当山是太岳，凌驾于五岳之上。他们五个人起了个大早，先是从景区大门坐车到太子坡，看了几个古代建筑，然后又坐车到逍遥谷。看了武当派的武术表演，喂了几只猴子。

武当山虽然不高，但是爬起来要比之前顾吉爬的任何一座山都费劲，因为去往金顶的路不是一条，也不是一座山，要上上下下翻过几个山头才能到达金顶。别的山两三个小时就搞定了，爬武当山他们用了将近五个小时。

好在山上有不少美味，尤其是辛夷花，清热解毒治鼻炎。顾吉有慢性鼻炎多年了，吃药一直不好，没想到吃了两碗辛夷花炖猪肺和辛夷花炖豆腐，竟然痊愈了。

身体是革命的本钱，身体好了之后，顾吉兴致大涨，本来下山打算坐索道的，为了不错过沿途的景点，他下山也选择了步行。

到山下客栈时已是傍晚，几个人到玉虚宫旁边吃了顿饭，顺便参观了明代的皇家寺庙玉虚宫。不得不说，玉虚宫的碑亭是顾吉见过的最壮观的碑亭。

吃饱逛完，住了一夜，第二天他们便去了太极湖。太极湖和武当山金顶不在一个方向，虽然是个人工湖，却是亚洲最大的人工湖。正所谓问道武当山，养生太极湖。太极湖是丹江口水库的一部分，而丹江口水库是中国南水北调工程的源头。可想而知这里的水质是多么地好。

太极湖适合划船，坐在船上，有种置身于漓江的感觉。因为是第一次和偶像一起出来玩，几个女孩子上了船之后一直拉着顾吉自拍。

之前在山上的时候还不觉得有什么，到了水里，顾吉不由想起了以前在书里看到的“云梦泽”这个地方。“气蒸云梦泽，波撼岳阳城”的情景是再也看不到了，随着云梦泽的消失，很多景色都不复存在。

有时候顾吉翻看《山海经》，会忍不住想，自己现在游历的这些地方，若干年后，还会存在吗？别的不说，洞庭湖就已经在不断萎缩了。

04

神农架是最后一站，因为景点分散，他们包了辆车。神农架海拔有三千米，还好五个人都是经常到处跑的，都没有高原反应。

因为够高，很多人来神农架玩蹦极，但是顾吉对这种极限运动没兴趣，其他四个人也都不喜欢。

相比之下，她们更喜欢滑雪，神农架有滑雪场，有原始森林，有金丝猴。顾吉最喜欢的当然是原始森林，以前一直

有人说这里还有野人，顾吉觉得不可能，真到了现场，他又信以为真了。

这里可以说是顾吉去过的最原始的景区了。别说遇上野人了，就算是遇到豺狼虎豹，顾吉都不觉得奇怪。

逛完天燕原始生态旅游区后，顾吉打算以后有机会换个季节再来一趟。神农架适合避暑，不同季节可以感受到这里不同的美。比起张家界来说，顾吉对神农架的喜爱要更多一些。这里不仅珍奇的动物植物多，还有不少美味食物。尤其是菌菇类的食物，比其他地方的都要鲜美很多。

因为离恩施土家族苗族自治州不远，这里有不少土家族传统美食。像土家社饭、土家油茶汤、油香儿、恩施豆皮、榨广椒、懒豆腐和土家腊肉等等都非常美味。也正是因为吃到了这些美食，顾吉觉得，去不去恩施大峡谷都不要紧了。

原本顾吉是想凑齐了五个人，大家一起商量去哪里玩，去哪里找好吃的。毕竟他一个人的见识是有限的。等到凑齐了五个人，他才发现，只要是他感兴趣的地方，她们都想去。完全不会有什么分歧和争议。不过新的提议她们还是有的，离开神农架时，五个人都提了自己想去的地方。最后顾吉定下来的，是老四的提议，也就是浙江的莫干山。

因为爱吃爱玩，这四个女孩顾吉都挺喜欢的，但仅限于哥哥对妹妹的那种喜欢。关于恋爱或者进一步的感情，顾吉已经彻底封死了。不谈恋爱大家可以做很好的朋友，一恋爱，很多平衡就会被打破。这可能也是友情总是比爱情长久的原因吧，保持距离，喜欢就永远是喜欢。

Story
About
Us.

16

莫干山竹林鸡煲

01

莫干山位于浙江省湖州市，离杭州也不远，因为干将、莫邪在这里铸剑而扬名天下，顾吉一直想去剑池看一看，这次刚好趁着老四的提议，直奔莫干山。

去莫干山的路上，顾吉和顾湘聊起世界末日，聊起初相遇的情景，都有些感慨。不过无论如何，他们都不后悔自己的选择。能够以自己喜欢的方式度过一生，付出一些代价，走一些弯路也是值得的。世界末日来也好，不来也好，人生总是会有末日的，在末日到来之前，痛快淋漓地生活，比什么都重要。

莫干山最出名的小吃是生炒石鸡，其次还有笋干烧肉、兰花鞭笋、清蒸甲鱼、竹筒山鸡、翠玉扁尖、竹盅藏腿和南乳焖肉等等。

顾吉等人到了之后，迫不及待就要爬山，结果刚到山

脚，就出了意外。走在队伍中间的童若晴，意外地被一种叫不出名字的虫子咬了，奇痒无比，很快就肿了一个大包。

为了安全起见，顾吉带童若晴去了医院，医生倒是没当回事，只开了个治蚊虫叮咬的药膏，说是涂抹上去就没事了。

结果涂抹之后，非但没有缓解，反而肿得更加严重，渐渐也还有溃烂的迹象。为了照顾童若晴，爬山计划只能搁置。

莫干山位于湖州市的德清县，医疗水平有限，为了避免耽误伤势，顾吉连夜包车把童若晴送到了杭州的医院。

山林之中，虫蛇很多，顾吉是有心理准备的，以前在衡山，也被巨大的毒蛇吓到过，也被奇怪的虫子咬到过，但从未遇到过像童若晴这么严重的情况。童若晴这次足足住了一周院，输液加吃药，才算是控制住。

医生说咬童若晴的是一种叫影子虫的家伙，已经有很多人被这种毒虫咬过，严重的还因此毁了容，童若晴算是幸运的了。

不过五个人谁也没觉得幸运，耽搁了一周，山还是要爬的，只是为了避免再遇到这种意外，每个人都全副武装，把自己包裹得严严实实的。

经过这个事情，也让顾吉再一次体会到了人生无常，不管赞助商提供多少钱，如果一旦队员中有人遭遇不测，那点钱也不够他善后的。作为旅行团的负责人，就算跟随他的人不会因为这样的事情指责他，他也无法推卸掉自己的责任。

尤其这些都还是女孩子，还是他的粉丝，就算不是旅行团，他也有责任照顾她们。所以爬山的时候，他一直在前面开路。

莫干山竹子多且美，让顾吉联想到了天目山，逛完剑池，看完飞瀑之后，他们又去逛了蒋介石和宋美龄度蜜月的地方——白云山馆。

不仅仅是蒋介石和宋美龄，这里的别墅周恩来也来住过。如果不是老四被虫子咬了，有了心理阴影，他们本来是想多在莫干山待几天的。

山下的饭店味道都不错，他们没吃石鸡，只点了竹林鸡

Chapter 16

莫干山竹林鸡煲

煲、笋干烧肉、兰花鞭笋还有当季的野菜，莫干山的啤酒味道也不错，吃竹笋的时候，顾吉又吃出了天目山的味道。一问才知，莫干山本就是天目山的余脉。

虽然相距一百多公里，且不在一个城市，但莫干山和天目山的关系，就像岳麓山和衡山，表面上看没啥联系，从山脉地图上看，却能看出岳麓山是衡山七十二峰之一。山脉的走向，从来不会管城市规划。或者说现在大多数的城市，都是依照山海的走向而建，纵然愚公在世，也移不了这些大山。

02

人生在世，活法有很多种。大多数都是老老实实上学上班，到了五六十岁退休，然后去玩一二十年，七八十岁的时候离开这个世界。

顾吉不提倡这种活法，他觉得有花堪折直须折，要趁着年轻先退休，先玩了，赚一年是一年。如果奋斗一生，工作一辈子，只是为了退休那一二十年享清福的话，太不值得了。

因为那时候人的身体已经透支，很多美食吃不动了，很多美景看不清了，甚至会有关节炎颈椎病腰腿疼痛，会导致山也爬不上去了。

迄今为止他已经玩了十几年了，当然这得益于他天赋异禀，有才华，能折腾。大多数人没办法像他这样，比如说李逾，就是对顾吉可望而不可即。

他也想过顾吉的生活，带着顾湘去四处玩，但现实是，他不得不努力工作赚钱，才能供得起顾湘的花销。

顾吉改变不了李逾的生活，但是他觉得，他带出来这四个女孩的生活和想法，是他可以改变的。起码顾湘已经被他改变了。

顾吉原本是打算逛完莫干山，就去涠洲岛的，但是顾湘更想去一趟珠海，说既然看岛，当然是去百岛之城珠海了，珠海不仅有桂山岛，还有伶仃岛。就算是为了文天祥，也应该先去看看伶仃洋。而且从珠海还可以顺便坐船去香港和澳门。

拗不过顾湘，最后一行人就去了珠海。虽然一开始的计划是伶仃岛和桂山岛，但是到了珠海之后，他们还是先在市区内玩了两天。

圆明新园、珠海渔女、情侣路等景区都去了，最重要的，是遂了顾湘的愿，吃了珠海膏蟹和横琴蚝。在吃蟹吃生蚝方面，顾吉一向不是专家，但面对芝士香蚝和南屏脆肉鲩以及珠海斗门重壳蟹的时候，他也流下了口水。一向很少吃海鲜的人，一旦破了戒，要比平常爱吃海鲜的还能吃。

经过这段时间的相处，新来的三个女孩子才发现顾湘和顾吉既不是情侣，也不是兄妹。顾湘只是比她们早认识了顾吉一段时间而已。这个新发现让三个女孩心里都有些不平，因为顾吉在选择地方和美食方面，明显偏袒顾湘。有时候甚至会委屈自己来成全顾湘。

比如说香港吧，李小溪、慕容苏素和童若晴都不太想去，因为在他们看来，香港就是个购物天堂，没什么值得去玩的，也就迪士尼大陆没有，其他的内地应有尽有。

可是在顾湘这个看港片长大的人看来，香港处处是天堂，九龙、旺角、尖沙咀、油麻地，任何一个地名，都会让她想起古惑仔，想起陈浩南。更何况还有红磡，还有皇后大道，那是多少歌曲里经常提到的地方。

到珠海的第三天，还在桂山岛上，顾湘就迫不及待地想去香港了。她的提议一出来，李小溪、慕容苏素和童若晴都没有附和，顾吉却答应了。

港澳通行证他们倒是都有，只是顾吉的是L签，要跟团，就算不跟团，也得找旅行社报个出关单。这种户籍限制一度让顾吉很不爽，但没办法，出生在哪里，由不得自己做主。

办好团签，从珠海九州港出发，到香港中港城下船。他们提前兑换好了港币，花了两个小时在船上，饱览了伶仃洋的美景。

下船后就住在尖沙咀，坐索道上了太平山，可惜大雾，并没有看到香港全景，一行人逛了下杜莎夫人蜡像馆就下山了。夜里在庙街吃了鱼丸车仔面，说实话，香港的美食太少了，和内地完全没法比。也就水果还不错，尤其是椰子雪糕和椰子饮料之类的。

第二天去了迪斯尼乐园，顾吉给几个女孩都买了潘多拉的手镯和珠子。晚上几个人都累得不行，顾湘一个人去旺角买了堆化妆品和衣服。

顾湘在长沙的时候，去过不少叫旺角清粥的店里吃炒粉喝粥，但真的到了旺角，她一家清粥店也没看到。这个记那个记的面店倒是不少。

第三天一早，顾吉带着几个人去了香港历史博物馆，他爱逛博物馆也不是一天两天了。去过的博物馆也数不胜数，但香港历史博物馆还是让他很惊艳的。尤其是里面的馒头山。

说起来，香港之行原不在计划之内，但毕竟来了，顾吉也就抱着既来之则安之的心态。能吃到一份好吃的，就赚了一份好吃的。能逛到一个不错的景点，就赚到一个不错的景点。但女孩子之间一旦有了情绪，不解决就会有间隙。顾吉这个敏感的家伙，明显地感觉到，四个女孩子变成了两个小团体，一个是自己宠幸的顾湘，一个是三个新来的美少女。

他并不想偏袒谁，只是很多时候会不由自主地听从顾湘的意见。顾湘也感觉到了来自三个女生的敌意，但是她不在乎，有顾吉宠着，她谁都不怕。逛完历史博物馆，顾湘就拉着顾吉去维多利亚港看夜景了。其他三个小姑娘也只好跟着。

很多年后，上海也有了迪斯尼世界乐园，顾吉独自一人去玩，在玩飞越地平线那个项目的时候，他又想起了顾湘，那时候的顾湘，已经嫁与他人，生了两个胖娃娃了。

离开香港的时候，他们去了趟港大，看了一些建筑和雕塑，同时腿上胳膊上也被蚊虫叮咬了一堆包，横看成岭侧成峰的，尤其是顾湘，也许是她的血是甜的，一行人里她被咬得格外惨。

03

因为对香港无爱，所以除了顾湘狂吃了一些小吃，买了一堆免税化妆品和衣服之外，其他四个人除了潘多拉手镯之外是一点特产也没带。空着手回到了内地。

在回去的路上，顾吉已经想好了，一定要去北海，虽然已经不是那么想吃北海的美食了，但涠洲岛他还是想去看看的。

很多年前，顾吉曾经和喜欢的女孩子去过一次涠洲岛，还在岛上的天主教堂许下了相伴终生的诺言，约好了以后来涠洲岛举行婚礼。结果后来不但再也没有见到那个女孩，连涠洲岛，顾吉也很多年没去了。

这次一下带了四个美少女，顾吉想好了，要在涠洲岛好好玩几天，他还带上了麻将和扑克牌。结果真正玩起来了，他才发现，被三个女孩孤立的顾湘，在牌桌上完全找不到存在感。

打了两天麻将之后，顾湘就彻底歇菜了，不再吵着嚷着要上台，主动接过了老四买饭的任务，把欢愉时光彻底让给了顾吉的新欢。

吃完北海炖奶、炭烤生蚝和白灼虾，顾湘就跟顾吉提出了想回长沙的想法，她嘴上是说，太久没有见李逾了，每次打电话，李逾都可委屈了。其实心里是觉得这趟旅行已经变了味道，变成了四个女孩争相讨好顾吉，而她，并不想和任何人争宠。

顾吉尝试挽留，说了一肚子心里话，可是不管他说什么，顾湘都只是摇头。到最后，他也明白了，除非他赶走新来的三个女孩子，否则留不住顾湘。可他也很清楚，即便他赶走了三个女孩子，他也赶不走早已在顾湘心里扎了根的李逾。既然如此，他索性也就答应了顾湘。

顾湘一走，顾吉就带着三个女孩去了海口，看了石山火山口，逛了热带雨林公园万绿园，还去西秀海滩看了张艺谋的“印象·海南岛”。

三个女孩想去天涯海角，于是只在海口待了两天，他们就去三亚，亚龙湾和大东海自然还是要看的，加井岛和森林公园也值得一去。在加井岛潜水的时候，顾吉想去拉萨了。祖国的最南端他已经到达了。最西边，他还从来没有去过。

过去他一直觉得三亚作为最靠南部的城市，应该很热很热，没想到他们去的时候遇上下雨天，车外竟然比开着空调的车内还冷一些。

Story
About
Us.

拉萨甜茶

01

拉萨是一座信仰之城，下了飞机，顾吉就直奔布达拉宫和大小昭寺，这是他期盼已久的地方。相比之下，三个女孩子倒是更向往藏区的那些湖泊和神山。

和在香格里拉一样，顾吉包了一辆车，去了纳木错和拉鲁湿地，还爬上了色拉寺后面的山，俯瞰了整个拉萨城。

作为日光城，这里的空气非常干净，在顾吉到过的省会城市里，也就只有昆明和海口的空气能够和这里媲美了。

吃青稞糍粑，手撕牛肉，喝甜茶，藏面也不错。之前看《舌尖上的中国》，顾吉非常想吃这里的蜂蜜，那种刚从树上采摘下来的蜂巢，掰开直接吃的感觉，别提多过瘾了。而且这东西和辛夷花一样还能治鼻炎。

到拉萨的第五天，四个人的关系发生了一点变化，之前顾湘还在的时候，他们每到一地，都是订三个房间，两个标

间一个大床房，顾吉睡大床房，四个女孩分了两个标间的四个床位。大家都没有怨言。

顾湘一走，就需要定两个大床房一个标间，这时候老四就提出来，这样太浪费了，而且给谁住大床房，对另外的女生都不公平。她觉得订两个标间就可以。反正只是晚上睡一觉，真要洗漱的话，三个女生在一个房间就可以了。

这样就会产生夜里一定会有女生和顾吉睡在一个房间的

情况。这种情况三个女生都不介意，她们说她们可以轮流使用这个权利。但是顾吉介意，面对同处一室的美少女，他不知道自己能否把控住自己。如果是十年前，他还小的时候，没有尝试过男欢女爱，他还不介意这些。十年后，他已经是成年人，三个女生给他出的这个主意，简直就是诱使他晚节不保。

但是三个女生还理由十足，说以后要走的路还很长，彼此不能太生疏，更不能太浪费，不然没钱了，大家就只能各奔东西了。她们这么做，也是为了多去一些地方，多看一些风景。

顾吉勉强答应了。其实在拒绝的时候，他心里也有一个声音，让他试试看，看他的定力修炼到了什么程度。

02

离开拉萨时，慕容苏素说想去看黄果树瀑布，于是几个人就去了贵州。先是到了贵阳，爬了黔灵山，差点被黔灵山的猴子吓死。然后去了天河潭风景区和青岩古镇，还看了花溪平桥。

过去顾吉供过稿的《花溪》杂志和《南风》杂志的社址都在贵阳，如果不是杂志已经停刊了，顾吉还是很想去看看那些合作多年却从未谋面的编辑们的。

从贵阳坐大巴，可以直达黄果树瀑布景区。去之前，他们先是去吃了贵阳的特色小吃，比如说丝娃娃，吃法有点像北京烤鸭或者说山洞卷菜饼，但是味道却比前两者都好吃。还有花溪牛肉粉和青岩卤猪脚，以及米豆腐和肠旺面。

说起青岩卤猪脚，不得不说，在炒炸蒸煮卤烤等做法里面，顾吉最喜欢的就是卤，不管是卤肉还是卤素食，对于顾吉来说，都是第一美味。

03

慕容苏素在认识顾吉之前，过的是非常凑合的人生。家里也不是没钱，但是能将就的事情，肯定将就。这倒不怪慕容苏素，她也是受她爸爸的影响。就算是去超市买醋，如果有袋装，爸爸也不会买瓶装。能够便宜解决的，绝对不买贵的。过去慕容苏素也觉得爸爸这样是节省，觉得俭省节约是好习惯。随着年龄的增长，她渐渐发现，人生有些地方，还真不能将就。

一双好的鞋子可以穿几年，还不磨脚还好看。如果按照爸爸的方法，随便买一双便宜鞋子，很快就坏了，还伤脚，年年买鞋，还浪费时间。

人未必要选择最贵的，也一定不能选择最便宜的，如果一定要做出选择，那就选最适合自己的。谈恋爱是这样，养

Chapter 17
拉萨甜茶

育孩子也是这样，都不能凑合，不能将就。能够丰富对方视野的，就绝不吝啬。

遇到顾吉后，慕容苏素彻底变了性格，人生只有一次，这仅能过一次的人生，怎么能凑合呢。不管你凑合不凑合，将就不将就，这一天，这一生，都是要过完的。

所以离开黄果树瀑布后，她就制定了一条路线给顾吉看，想让顾吉带大家走一圈，这条线路也不算是长，但足够偏。

从西安出发，先是到兰州，然后到西宁，再到青海湖，然后到张掖看丹霞地貌，再去嘉峪关和敦煌，最后到吐鲁番和乌鲁木齐。

顾吉从未走过这条线路，他也算是走南闯北多年了，但不知道为什么，每次都巧妙地错过了这条线路。

这次慕容提出来了，顾吉没有多想就答应了，直到真的上路后，顾吉才发现，这条路走起来，自然环境真是残酷。体质若不够好，真是不能说走就走。

高铁没开通的时候，西安到兰州要八九个小时，顾吉买了软卧，刚好够坐四个人，上车慕容苏素就拿出了麻将，四个人吃着泡面打着麻将，一路一直打到了下车。

到兰州时已是深夜，酒店在滨河大道旁边，夜里也看不清黄河，几个人早早睡下。第二天一早，顾就叫醒了几个姑娘，沿着黄河边跑步。黄河作为中国最著名的一条河，还是值得一看的，奔腾的黄色水流从兰州穿城而过，这种景象，中国仅此一城。

虽然水色看着和洪水一样，但黄河走近了看还是很清澈的，而且水超级凉爽，如果不是夏天水流很急，跳下去洗澡也不错。水面上漂着快艇和羊皮筏子，和中卫的羊皮筏子一样，顾吉已经尝试过了，就没有兴趣再坐。

这条路线上，顾吉主要想去敦煌和青海湖，一开始没打算在兰州多停留。早上跑完步，逛完博物馆，吃完兰州牛肉拉面，几个人就撤了。兰州牛肉拉面在兰州只叫牛肉面，和其他地方不同的是，这里的面条分二细、三细、毛细等等，粗细不同，口感自然不同，吃到了正宗的兰州牛肉面，对于顾吉来说，已经是不虚此行。而且兰州的博物馆，在国内值得一逛的博物馆里，可以排名前三。

从兰州到西宁非常近，近到你完全感觉不到已经换了一个省，就像郑州到西安一样。到了西宁，从火车站对面的汽车站坐巴士直达青海湖。

也是到了西宁，顾吉才了解到，当地人管去青海湖景区叫去151，意思是走109国道到那里刚好151公里。西宁有去151的专线直达车，本来顾吉想去黑马河乡看日出的，因为没有直达车，几个人最后就住在了151景区附近的诺布林卡酒店。据说这是青海湖沿线唯一的四星级酒店，也是沿线最贵的酒店。

到了酒店住下了，顾吉才发现，虽然距离西宁只需要151公里，但是这里已经不属于西宁管辖，而是属于青海省下面

Chapter 17
拉萨甜茶

的海南藏族自治州下面的共和县管辖，有点大理自治州的感觉。

环绕青海湖的，还有海北州和海西州，去海西州的人，大多会去看茶卡盐湖，甚至顺便去一趟格尔木和拉萨，去海北州的人，大都会去看油菜花。一望无际的油菜花田在雪山下面，非常壮观。

相对有雪山的海北州，海南州要热一点，但湖边还是很冷的。和其他湖泊不同，青海湖的湖面，一眼看过去，好像是高出地面的，满满的水要溢出来了一样。

而且青海湖周边非常干净，可以望很远，要比洞庭湖和抚仙湖壮观很多。听当地人说，周边有一百八十条河流汇入青海湖，而青海湖的没有出口，起码在地面没有。湖的一边是沙漠，很多湖水都在沙漠下面形成了地下河。

除了沙漠，青海湖沿线可以走三天，有很多好玩的。最值得一提的是金银滩草原，据说是王洛宾的《在那遥远的地方》就是在这里写就的。

只不过青海湖也和在洱海海舌岛公园玩的时候一样，有很多需要注意的地方。海舌岛公园附近有当地人承包的油菜花田，青海湖也有，不但有油菜花田，还有当地人承包的草地，不管是油菜花还是草地，拍照的时候都要注意，有可能会被收取一定的费用。

骑马就更不用说了，谈不好价格，很容易被宰。就算是你和羊群合影，也会有各种陷阱。这些都是包车司机的好心劝告，好在顾吉等人都没有见啥都大惊小怪乱拍照的习惯，所以一路玩下来，也没有怎么被宰过。

只是青海湖边的饮食实在是贵，一顿饭吃下来随随便便就过千了，而且味道一般。即便是大家都热爱的烤羊肉串，也因为在高原的原因，肉不太熟，吃起来有股酸酸的味道，脾胃差的人更是一吃就拉肚子。

不仅仅是青海湖附近的饮食味道一般，整个河西地区都没有什么美味，或者说，没有符合顾吉等人的胃口的美味。青海酿皮、狗浇尿、炮仗面、羊肠面、焜锅馍、甜醅、尕面片，他们都吃了。平心而论，没有陕西的面食好吃，对于他们几个人的胃口来说，美食之旅，止于兰州。

路上若没有美食，仅仅是美景，并不能让顾吉留恋多久。包车环湖转了一圈，又租了自行车骑行了几公里。顾吉就带着众人返回西宁了，西宁市区附近也有一些值得逛逛的地方，比如塔尔寺和马步芳公馆，以及东关清真大寺。

如果不是慕容苏素吵着想去张掖看丹霞地貌，顾吉本想在西宁多住几天的。因为他很清楚这条线路上，西宁算是最大的城市了，越往下走，住宿和饮食以及自然环境越恶劣。或者用恶劣也不合适，应该说是粗犷。这种环境他都待不久，更别说无比爱护自己娇嫩皮肤的几个女孩子了。

当年唐僧前往西天取经，走的差不多就是这条路，想起西天取经，就想起了吐鲁番的火焰山，来之前顾吉查过攻略，火焰山虽然距离吐鲁番市区只有三十公里，但景区地表温度已经到了七十度，车辆去了容易自燃，人去了容易中暑，抹多少防晒霜都不管用。所以这个景区到底去不去，顾吉还犹豫不决。不仅这里环境恶劣，还有敦煌的莫高窟，在旺季也让人无语，景区限制人流，在现场根本买不到票，如果不跟团的话，门票比春运火车票还难抢。虽然有应急票，却分单双号，就像在北京开车一样让人头痛。慕容提前十五天在官网熬夜等，等到十二点才买到四个人的票。

自然环境恶劣，景区管理不够完善，再加上住宿条件也不好，四星级酒店还没有上海的小旅馆住着舒服。但出来玩，要看壮观的景致，付出这些生活习惯上不舒适的代价，几个人也都是有心理准备的。

很多年后，顾吉独自一人又去了一趟青海湖，这时候已经通了高铁，从内地去青海十分方便，去的人也越来越多，景区也越来越规范化。

不同的季节，青海湖的景色也不一样。顾吉两次都选择夏天去，是为了骑行。第一次住的151基地他已经不想再住，第二次选择了西海镇，因为租的自行车当天就要还回去，他干脆买了一辆。

沿湖转一圈有三百多公里，骑车的话需要三四天时间，而且青海湖海拔三千多米，剧烈运动很容易会有高原反应。顾吉带足了药品和食物，在青海湖边游荡了三天。深刻的体会到一个人的自由自在的他，坐在湖边一遍又一遍地回想了他曾经与人结伴而行的时光。

住在西海镇上，可以看的不仅仅是青海湖，这里是研制出中国第一颗原子弹的地方，所以也叫原子镇。镇上不仅有关于制造原子弹的纪念场馆。还有西王母宫，说道西王母宫，就会自然而然地联想到蟠桃会和王母娘娘。

《西游记》或者说《大唐西域记》里记载的地方这里都有，青海附近过去生活着羌族人，在羌族人的神话传说里，西王母是造物主，是万物之始。在汉族人的历史传说里，西王母是和活了一百多岁的周穆王同时期的人，还和周穆王相会过三次，甚至产生过感情。

西王母的瑶池在昆仑山上，昆仑山上有地狱之门，顾吉从未到过昆仑山，关于那里最近的记忆，是青海玉树地震。第二次到青海，在西海镇住了几天后，顾吉就踏上了去往瑶池的路。

Story
About
Us.

18

敦煌驴肉黄面

01

发育于200万年前的张掖的丹霞地貌，在全世界都很有名。刷微博的时候，经常可以看到游客在这里拍的壮观的地质景象。真的去了，却发现不过是一堆红土，还没有火焰山的山坡好看。

这些红土，可能是饱含了铁之类的金属，所以不仅看着颜色鲜艳，被太阳晒过以后还会发热。从丹霞地貌景区回到了张掖市区后，顾吉才听当地人说，看丹霞地貌要在傍晚的时候，傍晚的时候天气好的话，霞光万丈，照耀在地面上才能看出壮观的景象，他们大中午去，当然是看不到的。

虽然得知了原委，但顾吉已经没有返回再看一次的勇气，毕竟美景没有美食对他的诱惑大。回到市区后，他们就住在木塔寺附近，好好吃了吃当地美食。

顾吉最喜欢的，要数张掖的清粉，有点像河南的凉粉，却比河南的凉粉颜色更透亮。味道也更丰富。不仅是清粉，砂锅粉也比别的地方的砂锅粉要好吃。

听当地人说，张掖过去叫黑水国，因为有一条黑色的河流流经此地，去大佛寺的时候，看到西夏国寺几个地方，顾吉又有种到了宁夏的感觉。

在张掖没有过多停留，几个人就去了嘉峪关。嘉峪关美食很少，炮仗面、搓鱼子、羊肉垫卷子之类的，在青海省也能吃到。但是嘉峪关的景色，却是非常值得一逛。

排名第一的要数悬臂长城，沿着山头建的长城，像悬着的手臂一样守护着边关，比八达岭长城壮观多了。还有比西安的城墙更壮观的嘉峪关城楼，以及七一冰川。

只可惜顾吉等人到嘉峪关的时候，七一冰川已经封了，说是游客太多，对那里的地质造成了破坏。这离城最近的冰川，顾吉自此再也没机会见到过。

离城不远的地方，还有个长城第一墩，是万里长城开始的地方，也非常值得一看，第一墩景区还有一条黑水河，河面上还能玩滑索。顾吉对这种危险项目兴趣不大，逛完第一墩，就去了魏晋壁画墓，壁画墓在机场附近，沿途连个标志都没有，司机差点走错路，到了墓地后，顾吉发现，也许是因为那片土地叫果园的缘故，果子长得非常好。上面是果园，下面是魏晋时期的墓葬群，细思极恐。

墓穴里面非常凉快，只有十三度，猛然间从三十多度的地面下到墓穴里，真有种阴森森的感觉。慕容胆子小，压根不敢下到墓穴里看，童若晴也觉得既然在兰州的省博物馆看到了壁画墓的展示，就没必要再下到墓穴里了，最后就只有顾吉和李小溪进了墓穴，体验了一把《盗墓笔记》里描述的感受。只不过《盗墓笔记》里写的都是大墓，景区的墓穴都很小，对外开放的仅仅是一个文官的墓，进去后要一直弯着腰慢慢走。

逛完壁画墓，几个人就准备去敦煌了。离开的时候，意外的在火车站附近吃到了一种夹着菜的蒸饼，名叫荷叶饼，非常好吃。顾吉觉得抛开那些景点，单是冲着这荷叶饼，都

值得来一趟嘉峪关。

从嘉峪关去敦煌的路上，还会经过玉门关，几个人也是稍作停留就走了。玉门关虽然不及嘉峪关值得一看，但名气大，不仅有王之涣的“黄河远上白云间，一片孤城万仞山。羌笛何须怨杨柳，春风不度玉门关”；还有李白的“明月出天山，苍茫云海间。长风几万里，吹度玉门关”。

顾吉最喜欢李白的诗，所以玉门他觉得怎么也要去看看，虽然玉门关景点离玉门火车站还有一段距离，但这一趟，不管到哪里，顾吉都是包出租车，一天两三百块钱，也还算是方便实惠。

除了嘉峪关和玉门关，西行路上还有“西出阳关无故人”的阳关，顾吉打算到了敦煌之后也去看看阳关。只不过在李白的诗里，顾吉最向往的是天山，因为上面有天池。只不过那要等到去乌鲁木齐后才能去看了。

02

敦煌最出名的是莫高窟，因为已经预约好了票，几个人一放下行李，就去了景区。莫高窟建在祁连山和鸣沙山交会的地方，远远看过去还是非常壮观的，走近看，和龙门石窟、麦积山石窟感觉差不多。可能主要是年代久了，佛像上的颜色都氧化了，所以视觉上不够刺激。

如果不听解说，看莫高窟，有点像看秦始皇陵兵马俑的感觉。都是因为颜色氧化，而失去了壮观的景象。

比莫高窟更让顾吉喜欢的，是离城不远的鸣沙山。早上五点起床，五点半赶到景区买票，进去后不排队骑骆驼，买了鞋套后直接往东边最高的山头爬，就可以看到日出。

沙漠日出，或者说从鸣沙山看日出，要比在草原和海上以及山顶看日出感觉更美。太阳远远地从戈壁滩上升起来，非常慢，可以尽情地拍照，或者就坐着慢慢欣赏这自然之美。

也是天公作美，太阳升起来后，还起了风，让顾吉等人听到了鸣沙山的沙鸣，远远看去，骆驼队也上了山，那画

面，和电影里一样。

看完日出，下来就可以看到月牙泉，到月牙泉边的时候，还下了雨，有游客说，沙漠下雨，百年一遇。

月牙泉周边有不少百年以上的大树，据说是明清时期就有了。站在泉边，看周围高高的沙山，几百年来一直和这小小的一湾泉水相伴，不能不感叹大自然的神奇奥妙。

逛完鸣沙山，回到敦煌城里，几个人就去了敦煌夜市。大漠风沙鸡、驴肉黄面、敦煌沙葱、苜蓿菜、酱驴肉、鸣山大枣……敦煌的美食实在太多了。几个人逛了一圈，都吃撑了。要推荐一两样的话，顾吉觉得杏皮水最好喝。敦煌的杏和别的地方不同，非常甜，一口气能吃几十个。还有李子和蟠桃，也是甜到让人赞不绝口。

在敦煌住了一夜，顾吉有种住在峨眉山的感觉，都是小小的城市，干净的街道。只是敦煌干燥，慕容到了之后扁桃体就发炎了。第二天去阳关，回来时吃了阳关金鳟鱼、虹鳟鱼，慕容因为吞咽食物的时候喉咙痛，啥也没吃。

为了照顾慕容的身体，几个人没多停留，就去了吐鲁番。吐鲁番地处盆地，有些地方在海拔以下，地理位置原因导致景色非常震撼人心。火焰山热得人要中暑，葡萄沟却非常凉快。

几个人本来不打算去火焰山的，怕晒坏了，后来禁不住包车司机的再三撺掇，还是去了。去之前四个人都抹了厚厚的防晒霜，顾吉更是要被慕容抹成了白人。

到了火焰山，司机说还可以去下千佛洞，说是湖南卫视拍《爸爸去哪儿》的地方，也是《西游记》的取景地，顾吉想去，但是几个女生已经有中暑的迹象了，也就没去，直接回到了葡萄沟。在葡萄架下吃了午饭。

吐鲁番的葡萄好吃，西瓜也不错，几个人在葡萄沟都买了不少葡萄，下午因为体力不支，就只去了坎儿井，看了看地下河。

第二天的行程是去高昌故城和交河故城，在吐鲁番这个地方，水比金子贵，有水的地方，才能建城，两个故城过去都是依河而建，现在年代久远，故城损毁太严重，已经看不出当时的情况，只能在吐鲁番的博物馆里看着地图想象一下当时的人的生活状态了。博物馆里不仅有故城旧貌展示，还有世间罕见的干尸。

03

到乌鲁木齐时已经是下午，在路上慕容就吵着要吃新疆烤羊肉串和新疆大盘鸡，因为扁桃体发炎她吃了几天粥，实在是馋坏了。

好在住的酒店楼下就有卖烤羊肉串的，慕容和顾吉都吃了很多，吃完又去了大巴扎，吃了当地特色的冰淇淋和凉皮凉粉。吃完顾吉肚子就开始痛了，因为肠胃一直以来都不太

Chapter 18
敦煌驴肉黄面

好，顾吉也没当回事，吃了几片肠炎宁就又带着众人去了红山公园。

逛完红山公园，睡了一夜，定好的去天山的司机，已经在楼下等着了。从乌鲁木齐到天山需要一个多小时，到天山景区后，坐景区的大巴车，一会儿就到了天池。

天池之美，难以言表。看着远处的雪山，顾吉唯一的想法就是，这趟没白来。虽然肚子还有些痛，时不时要上厕所，但他还是坚持逛完了天池。

天池下面还有一个瀑布，非常壮观，比黄山和庐山的瀑布还要好看，如果不是顾吉身体越来越差，他本想住在天山上，在天池多玩几天。

按照原来的计划，顾吉还想去克拉玛依的魔鬼城，还想去库尔勒的孔雀河还有博斯腾湖，以及阿勒泰的喀纳斯湖，还有喀什和塔吉克人聚居地，以及伊犁……

但身体由不得他了，腹泻的第三天，他开始吃不下饭，吃什么吐什么，然后又开始发烧。送到医院输了液好了一些，第二天又开始发烧，严重时烧得失去了意识。

人一生病，就容易变得悲观。在黄山时顾吉就病过一次，但那次没有这次严重，用顾吉的话说，那次最多也就是残疾，这次感觉要丢命了。

为了保命，身体好转之后，慕容等人连夜带顾吉坐飞机回到了长沙，打算让顾吉在长沙养养身体。

从新疆到长沙，从干旱的北方到湿润的南方，气候一变，顾吉的身体就好了许多，能吃下东西了，不过都是流食，而且都是来自南昌的瓦罐煨汤。有玉米排骨汤、香菇排骨汤、莲藕排骨汤……

后来回想起来，顾吉总是说——我这条命，是南昌瓦罐汤给的。

从那以后，顾吉不管去哪个城市，只要看到有南昌瓦罐汤的店，一定会去光顾。过去他最爱的金陵老鸭粉丝汤，都只屈居第二了。

一场大病以后，顾吉出行的心淡了很多，身体基本痊愈后，顾吉和三个女孩商量，看是不是找个地方定下来，或者就此各奔东西。

三个女孩子也被大西北的地方折腾惨了，也想找个待不腻的地方长久地住下来。和顾吉在一起久了，她们已经习惯了结伴而行，都不愿意脱离组织单独去某个地方了。

只不过这个待不腻的地方选在哪里，四个人产生了分歧。李小溪想去福州，童若晴想去青岛，慕容苏素想去绍兴。最后让顾吉定，顾吉只好说，那就三个地方都看看，然后找个喜欢的地方，定居下来。

福州靠海，到了之后，他们先去爬了鼓山，山上风景不错，但毕竟是个小山，在顾吉看来，定居福州，还不如定居庐山的牯岭镇。

离开之前还去了琅岐岛，这个地方倒是让人舍不得离开，但顾吉是个吃货。他吃不惯沙茶面的味道，或者说对一切沙茶味的东西都恨之入骨。佛跳墙、土笋、肉燕、海蛎饼都没能让他下定留在福州的心。

从福州到青岛，差不多等于沿着南部的边境线在走，有火车也有飞机。这次顾吉选择了火车，四个人刚好可以订一个软卧包厢。

经历了一场高原高温干燥的西北之旅，顾吉感觉几个人的关系变了，不仅仅是旅行伙伴，还是可以托付性命的挚友。关系变了之后，去哪里便不再追求速度，只是体会那种大家在一起，在路上的感觉。尤其是住在一个软卧包厢里，一起打牌看书聊天。那情况，让顾吉想起了拉萨的八廓街，想起了玛吉阿米酒馆，在那里，仓央嘉措遇到了玛吉阿米，写下了《在那东方的山顶上》。

顾吉在东方的列车上，看着眼前年轻的姑娘们的脸庞，他也想写下点什么，可最终，他什么也没写。他这放荡不羁的一生，写与不写，他觉得，都没什么两样。

到了青岛，顾吉有了留下来的念头。这里好吃的太多了，而且还有青岛啤酒。如果不是肠胃不好，他蛮想一醉方休的。在济南吃到过的东西，他带着几个姑娘在青岛又吃了一遍。

从栈桥到八大关，然后又去了崂山，虽然没有看到崂山道士，但是青岛的建筑可以说是别具一格。

如果不是心里还惦念着绍兴，顾吉就想索性留在青岛好了。这些日子也去了不少地方，行走的心愿基本上是圆了。

3

而且似乎所有人都是这样，去的地方多了，就想停下来。停下来久了，就想上路。

绍兴有鲁迅故里，顾吉很喜欢的歌手周云蓬也在这里生活过。还有大禹陵、东湖和柯岩风景区。不过顾吉最喜欢的是沈园，据说是陆游和唐婉相爱的地方。

对已经去过太多地方，看过太多景致的顾吉来说，绍兴实在算不上出彩，虽然人文色彩浓郁，但国内这样的地方还是不少的。尤其是近代，绍兴几乎低调得不被关注。

但不被关注，不代表不值得被关注。到了这里以后，住在仓桥直街，顾吉心里暗想，就是这里了，这就是我想要归隐、想要老死的地方。

不需要惊天动地的美食，喝点黄酒吃点梅干菜烧肉或者梅干菜饼就够了。不需要过目难忘的风景，搬着椅子坐在街边看看路人也挺好。不需要有太多的朋友，有三个美少女陪自己打麻将，有这么一个慢悠悠的地方待着，这一生，足矣。

04

定居绍兴后的第二年，顾吉带着三个美少女一起开了一家餐厅，名字叫“在路上”。他把在路上吃到过的所有他觉得值得推荐的美食，罗列在一起，做成了一个菜单。客人想吃什么，只要提前两天预约，他就可以做出来。

顾吉负责做各地的美味小吃，李小溪负责做各种饮料，童若晴负责做各式甜点，慕容苏素负责账目和清洁，四个人同心协力，把这个不足七十平方米的小店开得有声有色。

很多顾吉在网上的粉丝慕名到绍兴来，一定会尝一尝顾吉亲手做的地方菜。如果有一天，你也到了绍兴，如果那时候顾吉还没有离开，只要去他的微博预约一下，就可以等着大饱口福了。

关于顾吉的故事到这里就算讲完了。这世界有太多美食和美景不可辜负，若在欣赏美食美景的时候还有美人相伴，就可以称得上是人生赢家了。

没有人一开始就是赢家，很多人生赢家，其实只是赢在了开始，赢在了勇气。因为一切故事，都需要先上路了，才有可能发生。

后记<<<

我心里有一部《山海经》，从小就听老人讲，山的那一边，还有另一座山，要看的山外的山，要先爬上眼前的山。

我想把万水千山走遍，一走，就走了十五年。十五年来我走过的所有地方，都在这本书里了。

这种讲故事的方式，我不知道你是否喜欢，但已经是我竭尽全力能够呈现的最好的方式了。

所谓仁者见仁智者见智，一千个人眼里有一千个哈姆雷特。就像我过去写的那些书，有人喜欢，也有人讨厌。这本书的命运会比之前的书更好，还是更坏，或者像以前的书一样，我都不知道。我只知道，我写完了，我的使命已经完成了。其他的，就交给命运好了。

这本书很多内容都是在旅行的过程中写的，流动的状态导致心态也起伏不定。有时候悲伤有时候高兴，更多的时候是平静。所以读者也可以看出有些地方写得很详尽，有些地方写得很匆忙。

事后回过头看，我也没有刻意修改，因为人生就像是旅程，时而悠闲，时而匆忙。人常说不同的人生阶段要做不同的事情，我希望你看完这本书后，在人生的所有阶段，都不要忘了去路上走一走。

旅行的目的，常常是找回自我，找回初衷。有段时间我在上班，同事问我，为什么每个周末都要跑去不同的城市。我说为了健身，在更远的地方跑来跑去的，总比去健身房好。

其实健身只是最浅显的目的，更深层次的目的，是我怕自己工作久了，会忘了自己为什么工作。但我又不愿意让自己做长长久久的旅行，旅行一段时间后，我还是会去工作，因为旅行也是一种状态，坚持久了，会和工作一样，在长久不变的状态中迷失自己，在寻找的过程中，忘记了寻找的目的。

因为祖国太辽阔，尽管我行走多年，还是有很多地方没有去到，还是有很多美味没有吃到。比如说新疆的阿勒泰、喀什、伊犁等边境、沙漠和盆地地区，还有四川的康定、稻城以及九寨沟。还有一些偏远的冰川也没能去，还有大连、漠河、大兴安岭这些地方。有生之年也许还会有机会再去，也许永远不会去了。

这本书写起来，一开始感觉要比过去全凭虚构的书简单，因为那些地方那些食物历历在目，想起来还会流口水。但实际写作的过程，却比凭空想象一个小说要难很多。因为至少三分之一的地方，我在开始写的时候还没有去，至少四分之一的地方，气候和环境已经和当年大不相同。至少二分之一的地方，第一次去的时候都很匆忙，第二次去才尝遍了当地美食。

为了写这本书，只能把没去的都补上，遗漏的再走一遍。因为风景太美，有时候走着有着，吃着吃着，常常会忘了要拍照，忘了要写下来。因为太享受了，行走和品尝的意义，大过于书写。到最后，我不知道我是为了写一些地方，才去的一些地方。还是为了去一些地方，才写的那些地方。

不过无论如何，美食美景美人都是真的，上路是没错的。祖国这么大，单看《舌尖上的中国》是不够的。穷其一生，能够到二十个省份，去四十个城，吃上百种美味，已经算是不枉此生了。更何况有些食物还能治病，治空虚寂寞、治相思抑郁。还有那山川湖海，走一遭，饱了眼福，还能强身健体延年益寿和减肥。

如果以后有机会，再次上路，我想我会去周游世界，罗马、雅典、布拉格、伊斯坦布尔、圣彼得堡、布宜诺斯艾利斯、马尔代夫、墨尔本、柏林、维多利亚、雷克雅未克、哥本哈根、布达佩斯、里斯本、斯德哥尔摩、奥斯陆、赫尔辛基、伯尔尼、开普敦、毛里求斯、利雅得、迪拜、新德里、耶路撒冷、马德里、巴塞罗那、威尼斯、蒙特利尔、关岛、西雅图、拉巴斯、亚特兰大、萨尔兹堡、布鲁日、克拉科夫、圣达菲、巴哈马、南极、北极……

如果想去的地方全部成行，我想我会再写一本书，一本异域风情的书，只不过那一定是很多年后的事情了。

我是在过完二十九岁生日后，开始写这本书，用了一年多的时间。为了避免因为时间的更替导致各地的风景发生变化，我又重走了一次十五年前走过的那些地方。

在行走的过程中，我感触最大的，是物种的灭绝。十五年前的夏天我还能见到漫山遍野的萤火虫，十五年后的夏天因为污染，我常常连星星都看不到了。还有小时候经常见到的那些画眉鸟，故地重游，再也见不到它们的身影，再也听不到它们的鸣叫了。唯一值得庆幸的是，当年在那些地方吃过的美味佳肴，现在依旧还能吃到。所以这本书的主题是旅行，重点却是各种特色小吃。

同时因为那些曾经常见的动物和自然景象在某些地方的消失，我渐渐领悟到，人生是没有意义的。亿万年后，人类这个物种也会毁灭，人类创造的所有文明都会化为乌有。就像我们只能在博物馆和书本上去看恐龙和各种曾经存在过又消失的物种一样，未来人类也会被这样看待。

而在这没有意义的人生中寻找意义，可能就是作为一个人存在的理由吧。对于我来说，阅读、思考、写作、行走，就是我存在的意义。

行走的路线会变化，写作的风格和阅读习惯也会随着年龄的增长而百转千回，唯独思考，是像修行一样，每天都在进步，越来越通明剔透。这本书作为我十五年来所思所想所闻所见的一个总结，算是给我而立之年的一个礼物，同时也是给这些年来一直支持我的读者的一份礼物。

若干年后，当我回首往事的时候，这本书，将会是所有美好回忆的一个依据。若干年后，当你也想去远方走一走，把时光都虚掷在路上的时候，记得带上这本书。